被追放者たちだけの
新興勢力ハンパねぇ
～手のひら返しは許さねぇ、
ゴメンで済んだら俺たちはいねぇんだよ！～

主な登場人物
ガイゼン・ムゲン
魔界と地上の戦いで帝国軍を苦しめた「七天大魔将軍」を創設した老魔族。大魔王により魔王軍から追放され、異次元空間に数百年幽閉されていた。
マシン・ロボト
滅亡した王国で「兵器」として改造された半機械人間。勇者のパーティーに属していたが、危険視されてパーティーをクビになり、2年間意識を封印されていた。
ジオ・シモン
半魔族という異端の出身ながら、才能と努力で帝国軍の将軍になった男。「暴威の破壊神」と謳われて英雄になるが、大魔王の策略にはまって暗黒の地獄牢に幽閉されていた。
チューニ・パンデミック
辺境の港町でジオらと出会ったために、無理やりメンバーに入れられたひ弱な青年。魔力が低すぎて進級できずに魔法学校を中退したという過去を持つ。

リアジュ・カースト
魔法学校の中心人物。自分が選ばれた存在だと思い、無自覚に人を見下している。
アザトー・イオナン
魔法学校でチューニのことを気にしていたモテモテ女子。少しあざとい性格で、ぶりっ子。
アルマ・ニアロード
ニアロード帝国の第一皇女。完全ドSな性格のヤンデレクールビューティー。
ティアナ・ニアロード
ニアロード帝国の第二皇女。女王様気質の「ツンデレ」ドSだが、ジオへの思いは一途。

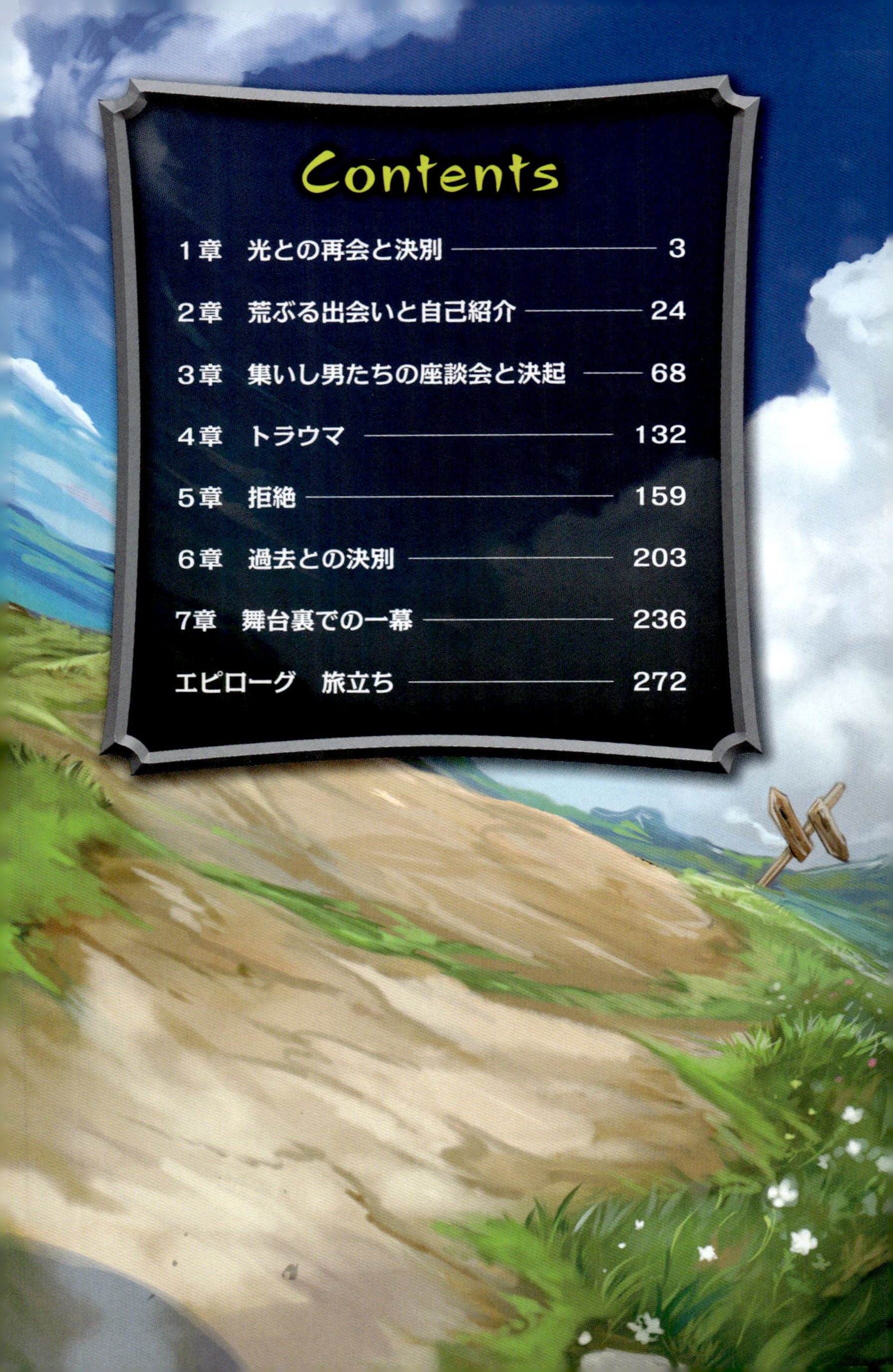

Contents

1章　光との再会と決別 3
2章　荒ぶる出会いと自己紹介 24
3章　集いし男たちの座談会と決起 68
4章　トラウマ 132
5章　拒絶 159
6章　過去との決別 203
7章　舞台裏での一幕 236
エピローグ　旅立ち 272

被追放者たちだけの新興勢力ハンパねぇ

～手のひら返しは許さねぇ、ゴメンで済んだら俺たちはいねぇんだよ！～

アニッキーブラッザー

イラスト
市丸きすけ

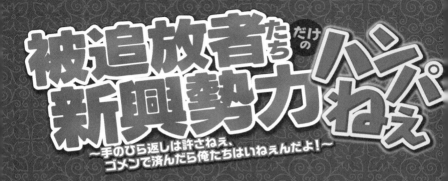

1章　光との再会と決別

3年前、男は告げられた。

――その薄汚い半魔族を、今すぐこの帝国から追放し、監獄島の最下層……『暗黒の無間《むげん》地獄牢』に叩き込みなさい！

かつてその男は、主君である姫に絶対の忠誠と己《おのれ》の魂を捧げて『いた』。

身分違い。呪われた出生。立ちはだかる世間の壁。そして、もどかしく、素直になれなかった互いの心。

だが、男は全てを乗り越え、そして姫もまた男に絶対の信頼と、生涯で唯一無二とも言える愛を抱き、そして結ばれるはず『だった』。

しかし、それはもう既に3年も前の話だった。

「ッ、だ、誰でもいい！　早く医者を……そ、それに、あ、温かい食べ物を、み、水も、はや、く、か、彼に……は、早くしなさい！　早く彼を助けて！」

男は地の奥底よりも深い暗闇に、3年間拘束されていた。

度重なる苦痛の果てに放り込まれたその地獄は、誰の声も音も、一筋の光すらも届かぬ暗黒の世界。

どれだけ叫ぼうと誰の声も返らず、目を閉じても開けても同じ暗黒の世界が広がるだけ。

時間の感覚も、自分が何者だったのかも分からなくなるほど、精神崩壊を起こすような地獄の底で、永劫《えいごう》とも思える時間を過ごしたあと、男は急に解放された。

まだ光に目が慣れぬほど、日差しが眩《まぶ》しく瞳に焼きつけるような空の下、聞こえてくるのは、かつて自分が愛した姫の声。

もはや思い出の中だけにしか存在せず、それが現実だったのかも分からなくなるほどの精神状態の中、男を抱きしめる姫の体も声も震えていて、おそらく泣いているのだろうということは分かった。

「わ、私は……ど、どうして？　私たちはなんということを……なんで私たちは『あなたに関する記憶を失い』……あ、あろうことか……あなたを『大魔王の仲間』として……な、なんということを……」

まだ目も開けられなかったが、次々と聞こえてくる、男を気遣《きづか》う声。

それは男にとって、かつての仲間だったり、部下だったり、信頼し、共に命を預け合うことができた絆たちの声。

「隊長！　たいちょ、う、隊長ぅッ！　そ、某《それがし》は……なんという……うっ、うわあああ！」

「なんで……なんで、私たちはあんたのことを『忘れて』しまっていたの？　あんたが……大魔王の仲間だったなんてあり得るはずがないのに……」

「わ、私はなんということを……友を……親友を……わ……私たちの英雄を！　す、すまない……本当に……う、ううううっ！」

男には、これが夢なのか現実なのか、今の時点では判別できなかった。

ずっと聞きたかった。

ずっと会いたかった。

ずっと助けてほしかった信頼できる者たち。

時には喧嘩もした。時には一緒に泣いたりもした。時には楽しかった思い出とか……楽しかった思い出とか……楽しかった思い出とか……。

――やめろ！　みんなァ、俺だよ俺！　俺が分かんねーのか！　なあ、街のみんなも！　どうしてだよ！　あんなに仲よかったじゃねえかよ！

「ッ!?」

そして、同時に悪夢もよみがえる。

――ふざけるな、腐った魔族が何をデタラメ言ってやがる！　お前なんか知らねえぞ！

――あいつ、無礼にも姫様に触れたそうだぞ！　なんという大罪！

――お前たち地上を脅《おびや》かす魔族は存在自体が悪だ！　人間様の世界に出てきて空気一つ吸うんじゃねえ！

――陽の光も届かない闇へ落ちろ！　我々人間を欺《あざむ》き、帝国に潜入し、侵略を企《くわだ》てようとする害虫が！

――我ら人間の光の裁きを受けろ！　邪悪な存在を決して許すな！

突如、それまで見てきた世界の全てが変わった日。

自分がこれまで積み上げてきたもの、紡《つむ》いできた絆、思い出。その全てが無になった日。

『光の裁き』と呼ばれる、無慈悲で、言いがかりのような暴力が自分に降り注いだ。

それまで仲間だったはずの者たちからは殺意のこもった攻撃や剣を受けて肉体を傷つけられ、捕らえられて市中を引きずりまわされた。それまで自分に感謝や尊敬の眼差しを向けてきた民たちからは暴言と石をぶつけられ、そして最後は……。

――この帝国を侵略しようなどと企てた愚かなる魔族。私は貴様を決して許しはしないわ！

今後、このような愚か者が現れないように、死以上の苦しみを無限に与えてやるわ！

最後は、心を通わせたと思っていた女から、絶望の淵に叩き落とされた。

「う、ぁ……あ……」

暗黒の世界に幽閉されて、しばらく喉が潰《つぶ》れるほど助けを求めて叫んだが、もう男は、何年も言葉を発していなかった。ましてや、3年間も放置され、普通なら死んでもおかしくない絶食の日々と喉の渇きに苛《さいな》まれた男は、言葉を発する方法を忘れ、まだ声が出せるほど回復もしていなかった。

かつては、国の英雄とまで言われた逞《たくま》しかった肉体も、枯れ枝のように細くなり、伸びた髪は男の身長を遥《はる》かに超えるほど伸びきっていた。精悍《せいかん》だった顔も頬骨が浮き出るほどになり、かつて野性味溢《あふ》れていた鋭くギラついた眼光は、見る影もなく色を失っていた。

「あぁ……ごめん、な、さい……ごめんなさい、私は……ああ、ジオ……私のジオ……」

それが、かつて英雄と呼ばれた男の名。男も久しぶりに名前を聞き、自分の名が『ジオ』であることを思い出した。

「お……れ……は？」

まだうまく使えない喉から、乾燥した唇を切りながらも絞《しぼ》り出すように、ジオは言葉を発した。

なぜ、自分はこんな目に遭《あ》ったのか？

すると、泣きじゃくる姫は、ジオをギュッと抱きしめながら口を開く。

「あなたはジオ。ジオ・シモン。私たち、ニアロード帝国の若き将軍にして英雄……」

「えい……ゆ……う？」

「魔族と人間の血を引く異端として世間から忌《い》み嫌われながら……努力し、這《は》い上がり、そして多くの仲間を得て、国を……民を救い……誰もが認める英雄となり……そして、うっ、ひっぐ……私の……婚約者となった男」

そう、夢でも妄想でもなく、自分はそんな存在だったとジオは思い返した。

魔界と地上が拮抗《きっこう》状態にある中で、異端の魔族の血を引く自分は幼少の頃からつらい日々を過ごしたが、努力し、認められ、気づけば多くの仲間を得て、そして慕われていたはず。

「でも、あ、あの日……3年前……奴が……『大魔王スタート』が……あ、あなたを魔族の裏切り者として……わ、私たち、帝国の人間から……あなたに関する『記憶』を奪った！」

カタカタと震えながら、怒りと悲しみに満ちた声で当時を振り返る姫。溢れ出ていた涙もより一層こみ上げて、そして……。

「そして、わ、私たちは、大魔王の計略にハマり……あ、あなたを、だ、大魔王の腹心であるとして……捕らえ……ご、拷問《ごうもん》をし……痛めつけ……そして、暗黒の無間地獄牢に幽閉し……」

そう、ジオも思い出した。

あの日、大魔王が魔界の魔族たちを引き連れて、帝国を襲撃した。

そして、帝国全土を包み込む異様な魔法陣が発光し、光が収まった瞬間、次に見たのは、それまで自分を慕っていた仲間や民、そして最愛の女が自分に向けた殺意の眼差し。

どれだけ叫んでも、誰も自分の言葉を聞き入れず、大人しく捕まっても、待っていたのは終わりのない『尋問』という名の拷問の日々。

そして、心を壊すほど閉じ込められた暗闇の中で長い日々を過ごし、今に至るのだ。

「ジオ……でも、もう大丈夫……私たち人間が結束し……勇者と共に……大魔王は倒したわ。そのおかげで……皆の記憶が戻ったの」

全ての元凶は、ジオに流れる人間以外のもう一つの魔族の血。その魔族をつかさどる王こそが全ての黒幕。

だが姫は今、間違いなく言った。大魔王は倒し、世界の脅威は去り、そして皆の記憶も全て戻ったと。

「ジオ……あなたには、どれだけの償《つぐな》いをしても足りないことをしてしまった……でも、もう私たちは二度とあなたのことを忘れない！　もう二度と……何があろうと……」

そう言って、姫は自身の頬をジオの頬にすり寄せて、その存在を確かめるかのように抱きしめた。

「まずはその疲れた心と体を休めて……帰りましょう。あなたの帰るべき場所へ」

帰ろう。そう言われた時、ジオの心の中で、終わりのなかった地獄の終わりが訪れたと同時に、こみ上げてくる怒りをどうしても収めることができなかった。

まだ、頭も心も落ち着いてはいないが、事情は分かった。

そして、姫や仲間たちは心の底から悲しみ、後悔し、償いの心を持っていた。

だが、それでもジオは抑えきれなかった。

「うそ……だ……」

「え……？　ジ……オ？」

「おなじ……まほうが……もういちど……あれば……どうせ……おまえたち……は……また……おれを……わすれる」

「っ……そ、それは……」

「おれを……なんだとおも……ってやが……る」

まだ視力が回復していないジオだったが、今、自分が発した言葉に、その場に居た全員が心を抉《えぐ》られたかのように呆然としたのは分かった。

だが、それでもジオは許せなかった。悲しかった。ふざけるなと思った。

「ぜん……いん……じごくに……おちろ……」

それが、３年ぶりに太陽の下に出た瞬間、最初に抱いた感情。『憎しみ』だった。

そして、その憎しみと共に、ジオの脳裏に、皆と過ごした思い出がよぎった。

自分がどれほどの苦労を重ねて、その思い出を手に入れたのか。

どれほど、それが大切なものだったか……。

◆◇◆◇◆

魔界と地上の覇権争いが続く世界において、異端の血を引くジオが人間たちから受け入れられるのは、並大抵の努力では済まなかった。

どうにか、魔法学校を卒業し、軍に入隊したジオは、「とにかくみんなに認められたい」と思い、そのためには死地の最前線にも勇敢に身を投じた。

時には恐怖し、何度も死を垣間《かいま》見もしたが、徐々に自分を認め、信頼してくれる者たちが増えてきて、それを励みにジオは何度でも立ち向かった。

そして……。

『どうだ、テメエら！　はっはー、ついに……この俺が、あの「七天大魔将軍」の1人を討ち取ったぞ！』

毛を逆立たせた赤い髪。

長身で、細身に見えて強くしなやかな筋肉を持ち、青く鋭い瞳が他者を射殺すかのように野性味に溢れて光る。

それが、帝国にその名を轟《とどろ》かせる若武者、ジオ・シモンであった。

国に戻り、軍の宿舎の食堂へ、豪快に笑いながら入るジオ。

そこには、平民や貴族など問わずに、仲間やライバルたちが集っていた。

『『『『……』』』』

だが、仲間たちは誰もジオを一瞥《いちべつ》もせず、静まり返って無視し続けた。

『お、おい、なんだよお前ら！　おい！　聞いてんのかよ！　ついに俺があの七天の一角を討ったんだぞ？　おい！　なんでだよ？　なんでみんなして俺を無視するんだよ！』

思わぬ仲間たちの反応に戸惑ったジオは、仲間たちに向かって何度も叫び、時には捕まえて耳元で怒鳴ったりした。

だが、誰もがジオを無視し続け、その異常な様子にジオが狼狽《うろた》えて腰を抜かしそうになった瞬間……。

『うりゃあああああっ！』

『うぎゃっ、うおっ？　つ、つめたっ？』

突如、ジオの背後から大量の何かが頭からかけられた。

それは、巨大なバケツいっぱいに詰め込まれた大量の氷だった。

『……って、えっ？　ちょっ？　はっ？』

いきなり氷をかけられてずぶ濡れになり、状況が全く理解できないジオ。

バケツをぶちまけたのも、ジオの仲間。一体どういうつもりなのか？

すると、ずっと沈黙していたはずの仲間たちが、突如我慢の限界に来たのか、笑いを堪《こら》えるようにプルプルと震え、そしてついに……。

『『『あーっはっはっはっはっはっは！』』』

誰もが笑い、手を叩き、机を叩き、一斉に盛り上がった。

そして次々と仲間たちが立ち上がり、

『やったな、ジオ！　本当にすげーよ、お前！』

『平民の問題児が、もう同期の英雄どころか、国の英雄になっちまったな！』

『しかも、七天だぞ？　数百年前から続く、大魔王に従う魔界最強の7人の称号……あの伝説の大怪物『ガイゼン』が創設した、代々続く称号だぞ？』

『その一角を崩したんだ！　まさに、歴史に残る大偉業だぞ！』

『全く、公爵家の私を差し置いて、これでお前が先に将軍になってしまうのだな。悔しくもあるが、天晴《あっぱ》れだ！』

無視と大量の氷は、仲間たちからの驚かしだった。

そんな仲間たちの行いに、ジオは驚くよりも、安心して腰を抜かしてしまった。

『ばっ、お、驚かせんなよ、この野郎！　あーもう、ビビッたっつーの！』

『ふははは、なんだ、ジオは知らないのか？　これは、大手柄を上げた兵に行う伝統、サイレント・トリートメントというものだ』

『知らねーよ、んなもん！　んのやろう、テメエら全員そこに並べぇ！』

泣きそうになった顔を必死で誤魔化すように叫ぶジオ。そんなジオを仲間たちは笑いながら祝福していく。

『でもよ……ジオ、本当によく無事に帰ってきたな』

『あ？　な、なんだよ急に……気持ちワリーな……』

祝福と同時に、どこか感慨深そうに仲間たちの瞳が急に潤《うる》みだし、思わずジオも戸惑ってしまった。

『だって、お前は今回も無謀な特攻をしたって聞いたぞ？　あの七天にだぞ？　ジオならきっと大丈夫と思ってもよ、やっぱそれでも戦争だから、絶対なんてないからさ』

ジオの肩を組んでそう告げる仲間たちの言葉に、思わずジオもしんみりとしてしまった。

『街の人たちもそうさ。だから、お前が無事で、大手柄挙げたって聞いて、みんなが自分のことのように大ハシャぎさ。あの、嫌われもんだったお前がさ』

仲間が、そして多くの人たちが、自分の無事を案じ、功績を喜んでくれた。

それを知って、ジオもまた瞳が潤みそうになったが、必死になって隠した。

『そしてよ、やっぱ……帝国で一番ジオのことを心配して……大手柄を一番喜んだのは、あの御方だけどな』

そう言って、仲間たちがニヤニヤと笑い出してジオの脇腹をつつく。

そして、その時だった。

『うるさいわね、少しは静かになさい。ここは酒場ではないのよ？』

突如響《ひび》いた女の声に、全員が思わず姿勢をピンと伸ばして顔を引きつらせた。

『あっ……』

『あら、帰ってたの、ジオ。てっきり死んだと思っていたのに、しぶといじゃない』

『あん？』

『でも、久々に会ったのに、相変わらずのブ男で目が腐りそうね』

サディスティックな笑みを浮かべ、その女は冷たい言葉をジオに浴びせた。

『これはこれはご機嫌麗《うるわ》しゅうございますでありますなぁ、姫様』

『2人の時や、同期たちの前では、その慇懃無礼《いんぎんぶれい》な間違った敬語を使うのはやめなさいと言ったはずよ？　クビにするわよ？　物忘れの早い駄犬が』

その言葉に対して、ジオは憤怒《ふんぬ》の瞳で睨《にら》み返す。

そんな2人のやり取りに、周りの者たちはハラハラしながらも、一方で少し楽しそうに見ていた。

『んじゃあ、遠慮なく言わせてもらうがなぁ、俺のどこがブ男だ、このチンチクリン貧乳プリンセスが！』

『なんですって？　あなた、確かに敬語は不要と認めたけれど、侮辱《ぶじょく》は認めてないわよ！』

『先に侮辱したのはテメエだろうが！　つかな、俺だって戦場を渡り歩けば、立ち寄る町や村で、それはもうお淑《しと》やかな麗しいお姉さま方にチヤホヤ――』

『……ほう……どこの村？　町？　娘？　……答えて、この私の前に連れてきなさい』

『ちょ、こえーな、なんだよいきなり！』

『うるさい！』

小柄で、人形のような少女。紺碧の瞳と、金色の螺旋《らせん》を描いたツインテール。

ジオとの身長差は大きく、背丈はジオの鳩尾《みぞおち》ぐらいしかないが、その態度と威厳は誰よりも大きい。

『誇り高き帝国における、この偉大なる姫である「ティアナ」の名において、私の命令には絶対服従よ！』

今もまた、ジオの言葉が琴線《きんせん》に触れたのか、場が凍りつくようなオーラを発していた。

『まあまあ、ティアナ姫……ジオが帰ってきて嬉しいのは分かりますが、その辺に……』

『いや～、でもやっぱ本当にジオが帰ってきたって気になるよな～』

『ああ。帝国の魔法学校時代は、この口喧嘩がないと、一日が始まった気がしなかったからな』

『相変わらず、仲がいいよね♪』

しかし、どれほど場に寒気が漂《ただよ》おうと、その場に居た者たちにとって、これは慣れ親しんだ光景のようで、誰もが微笑み合っていた。

『まったく、みんなして言いたい放題……はぁ……せっかくあなたを労《ねぎら》って、褒美《ほうび》を取らせてやろうと思ったのに、雰囲気台なしね』

『褒美？　……昇格かッ！　つ、ついに俺も大将軍か？　これって、史上最年少の快挙か？』

ボソリと呟《つぶや》いたティアナの言葉に食いついたジオ。立身出世に対して貪欲なジオは、目を輝かせてティアナに尋《たず》ねた。

だが、ティアナは軽く咳払いし、頬を赤らめて目を逸《そ》らしながら、早口で……。

『ち、違うわよ。だ、だから、その、あなたも魔族とのハーフという異端の出生から、あ、あまり多くの人に受け入れられなかったけれど、よ、ようやくみんなも認めてきたというか、そ、それに、ほら、私は魔法学校首席で武芸にも秀でた天才で、頭脳明晰で、外を歩けば誰もが振り向くような美しさで、こ、これはもう、たとえどこかの国の王子でも貴族でも勇者でも釣り合いが取れないと言っても過言ではないほどの完全無欠の才色兼備なわけで……』

早口なので、全てを完全に聞き取ることはできなかったジオだったが、言葉の端々でなぜかティアナの自画自賛だけは理解できた。

『っつつつ、つまり、この私を前にすれば、この世界に存在するどの男も不釣り合いになるわけで……だ、だから、身分違いや出生に問題ありの男と結婚しようとも問題がないわけでぇ……で、でも、だからといって誰でもいいというわけではなくて、で、でも、国民から認められるような英雄であれば、も、もうそれは及第点なわけで、か、かかか、仮にけけけ結婚してもおかしな話じゃないわけで……』

だが、何が言いたいのかがまるで分からず首を傾げると、ジオの反応に我慢の限界に達したのか、ティアナはジオの服を掴《つか》みながら……。

『だ、だから、あなたには分不相応であるし、私もすごく！　すご～～～く嫌だけど……わ、私もそろそろそういう年頃だし、ちょうどいいからあなたを貰《もら》ってあげるわ！』

『えっ、いや……いい』

『そ、そう。泣いて喜……え？』

『……えっ？　だ、だって、お前と結婚とかすげーイライラしそうだし……俺はどっちかというと、お前の姉さんの方が……うへへ』

『ブチっ！　いいから黙って結婚しなさいよーッ！』

◆◇◆◇◆

そんな、当り前のようにあった、騒がしくも満たされた日々……。
それもまた……。
ジオにとってはもうどうでもいい話になるほど、心と頭の中が憎しみに満ちていた。
「オレニフレルナアアアアアアアアアア！」
乾ききって壊れた喉で叫ぶジオ。
喉や唇がひび割れようと、既に痛覚もない。

今はただ、自分を抱きしめるティアナの温もりに、一秒でも触れていたくなかった。

身をよじって、ティアナを突き飛ばす。

「っ、じ、ジオ……」

ようやく少しずつ光に慣れ始め、数年ぶりに視界に浮かぶティアナの表情は、自分が知っていた頃より少し大人になっており、しかしその瞳は、かつて自信に満ちて輝いて天上天下唯我《ゆいが》独尊《どくそん》だったティアナのものとは違って弱々しく、迷子の子供のように涙をこぼしていた。

だが、涙を見たからといって、ジオの心は微塵《みじん》も満たされなかった。

それどころか、身をよじってティアナを突き飛ばした際に、自身の肉体の異変に初めて気づいた。

長い間、暗黒の世界に居たがゆえに気づいていなかった。

かつて帝国に牙を剥《む》いたあらゆる歴戦の強敵たちを退けてきた自慢の両腕は、枯れ枝のように細く、そして左手は肘《ひじ》から先を失っており、右手もまた指が一本もなかった。

「……お、オレノ……か……らだは……」

「っっ……ジオ……」

その痛々しい姿に、かつての仲間だった者たちが涙を浮かべて顔を俯《うつむ》かせる。

「ごめん……なさい。ごめんなさい……ジオ。全て私たちの……」

そう、思い出したのだ。

ここに居る者たちに捕らえられる際に切り刻まれ、そして捕らえられたあとにも拷問でさらに切り刻まれたのだ。

「……ご……めん？　だと……」

これだけのことをしておきながら、泣いて、それでゴメン？

それだけで済む問題であるはずがない。

憎しみはもはや超越して、果てしない殺意に変わり、溜め込んで押し殺していた感情の全てが解放された。

「テメエらフザケンナアアアアアアアア！」

幽閉された日々の中で、ジオがずっと求めていた仲間も光も、全て消し去ってしまいたいというほどの衝動。

しかし、殺す時間すら惜しいと思うほど、一秒でも早くこの場に居る者たちの誰もが居ない空間へとジオは行きたかった。

その願いはやがて、ジオの心の奥底と遺伝子の源に押し込められた魔族の血に作用し、徐々にジオの肉体に変化が訪れる。

「ジオッ？　こ、これは……」

「た、隊長？　た、隊長の肉体が……」

「今まで人間の血が色濃く映し出されていたジオの肉体が……魔力が、暗黒の魔力に染められ……ッ？」

失われたジオの左腕と右手。かつて人の手だったものが悪魔の腕となってよみがえり、同時に全身を黒い稲妻のような魔力が包み込んでジオを浮かせる。

「ジ……オ……ッ？　待って、ジオ！　どこへ……行かないで、ジオッ！　もう、もう二度と私はあなたの傍《そば》から――」

このままではジオが消えてしまうと察したティアナと仲間たちが、ジオを止めようと必死に叫ぶが、その全てがジオの耳に届いても、心には微塵も響かなかった。

そしてジオは、発せられた魔力に包まれながら最後に……。

「クソヤ……ロウド、モ。ニドト……オレノ……ジンセイニ……カカワルナ……」

「ッ？」

その言葉だけ言い残し、まるで転移したかのように、ジオの姿はその場から綺麗《きれい》に消えたのだった。

2章　荒ぶる出会いと自己紹介

大魔王を倒し、人魔の大きな戦《いくさ》も終わり、地上世界に平和が訪れた。

世界の人々は、戦の終わりと生の喜びに酔い、世界各国で祝勝会やパレードのような催しが行われていた。

一方で帝国のように、大魔王の死をきっかけに封印されていた記憶が呼び起こされ、それゆえにある悲劇が起き、深い絶望を抱いた1人の男が世に解き放たれた。

そして、大魔王が死んだことによって世に解き放たれた存在は、1人ではなかった。


「やっぱり……迷った……どーしよう……」

強い日差しが降り注ぐ晴天の下、深い山奥の密林で、1人の少年が泣きそうになって歩いていた。

キョロキョロと辺りを見渡して、手元の小さな方位磁石を何度も確かめながら、ただひたすら密林から抜けようとしていた。

「うぅ、ヤバい……この辺は、獣とかモンスターとか出るっていう……もし見つかったら、僕、食べられるんじゃ……」

特殊な磁気が流れているのか、それとも壊れているのか、手元の方位磁石はグルグルと回っているだけ。

疲労も溜まり、いっこうに見えない出口。自身の今いる場所も分からない。

そして、いつ何かが飛び出してくるのではないかという不安と恐怖が、より少年を怯えさせていた。

「自分探しの旅なんて、やめればよかった……世界に出れば、こんな僕でも好きになってくれる女の子がいるとか、かわいい女戦士とか森のエルフとかに出会って、なんかモテモテなパーティーを組めたりとかそんなことあるかもとか……実は僕はメチャクチャ強くて眠っていた力が覚醒するとか……そんなことあり得なかったんで……」

少年は怯えながら、自身の不純な動機と浅はかな考えからこのような状況に陥ってしまったことに後悔していた。

「もし、こんなところで遭難して死んでも……きっと、学校の奴らは誰一人僕のことを悲しんだりしないし……むしろバカにして笑うだけなんで……」

一度ネガティブなことを考え出すと、溢れる想いが止まらない。次第に少年は気力を失って、ついに足を止めてしまった。

「あぁ、僕、ほんとどうしようもないんで……バカだ……うぅ……田舎でノンビリしてればよかったのに………」

自分はこのまま誰にも知られずに死んでしまうのか？　死にたくないがどうしようもない。

そんな想いを抱いて、少年は俯いた。

すると、突如、ソレが響いた。


「ぬわはははははははは！」


それは、明らかに人の声。盛大に笑う人の声だった。

「い、今の？　ま、間違いない……人の声！」

諦《あきら》めかけていた少年は、慌てて顔を起こして辺りを見渡す。

このまま1人で、誰にも知られずに死ぬしかないのかと思っていたところに希望が芽生えた。

「あっちの方向から……」

気づくと少年は再び立ち上がり、声がした方へ向かって走った。

誰かが居るのならば、自分は助かるかもしれない。

そう思って必死に走ると、しばらくして、森の中の開けた場所に辿《たど》り着いた。

「……あっ……」

そして、そこで少年は見てしまった。

「グギャグガアアアアアアアアアアアアアアアアアアッ！」


目を疑うほどの巨大な魔獣。

四足歩行で鋭い爪を持ち、全てを噛み砕くような大きな口と牙。深い体毛に覆われ、虎のような姿をして、背には巨大な翼を持っていた。

「ほぎゃあああ、でで、デビルタイガーッ！　……魔物も人間も食べちゃう、きょ、凶暴なモンスター！　プロの冒険者でも警戒が必要なモンスター……が……」

少年でも知っている凶暴なモンスター。そのモンスターが、目の前に居る。

しかし、少年がさらに驚いたのは、モンスターが居たことではなかった。

「ぬわはははは、なんじゃ……あんまりうまくないのう。この森のモンスターの肉も、この数日で食い飽きたわい。しかし、頂《いただ》いた命は余すことなく食いつくしてやるのが礼儀」

凶暴で強力なモンスター、デビルタイガー。そのモンスターが、断末魔の末に絶命し、血まみれになって地に崩れ伏している。

そして、その傍らには、少年の倍以上の体躯を誇る、人型の男が立っていた。

「あ、あば……あばば……で、デビルタイガーが食われとるんで？」

強力なモンスターが何者かに捕食されている。その事実に、少年は全身を震わせて腰を抜かしてしまった。

すると、謎の人物は口元を血に染めながら、顔を少年の方へ向けて、笑みを浮かべた。

「おお……人間か……」

「ひ、ひぃいっ」

「しかし……食ってもうまそうではないのう」

存在に気づかれたと同時に恐怖に包まれた少年は、言葉を失い、逃げようにも逃げることができない。

そんな少年に対し、謎の人物はゆっくりと近づいた。

「のう……小僧よ……酒が飲みたい」

「ひ、は、えっと……は、はい？」

「近くに、町でもあれば、案内せよ」

その問いに、少年はどう答えるべきか分からなかった。

なぜなら自分は今遭難しているので、町がどこにあるのか分からない。

しかし、そう答えれば、殺されるのではないか？

そう思い、少年はしばらく震えたまま、言葉を発せないでいた。

◆◇◆◇◆

深い密林に覆われた山を抜けると、草原が広がっていた。

道も舗装され、人や馬車などが行き来しやすいようになっている。

その道の先にある、海に面した港町。

帝国から遠く離れたその地に辿り着いた、悲劇の将軍ジオは、早速不満の声を上げた。

「おい、滝の上の野生の黒竜を狩ったら、一匹で20万マドカと聞いてたんだが……どうなってやがる？」

始末した竜の頭を引きずりながら、町の中で冒険者たちが立ち寄る換金所を備えた冒険者ギルドに入り、ジオは受付の男に不服を申し立てていた。

数日は暮らせる金が手に入ることを想定して、ボロボロの体を引きずって数年ぶりのリハビリも兼ねた戦闘を行ったというのに、いざ換金に来てみれば、ジオに手渡された報奨金が、子供のお小遣《こづか》い程度しかなかったからだ。

だが、受付の男は冷たくあしらうような態度でため息を吐《つ》いた。

「はぁ？　あんた、さては素人だな？　な～んも知らねーんだな」

「あ？」

「ちゃんと冒険者協会に正式に登録してねぇ冒険者が……ましてや、冒険者ギルドすらも仲介しないで素人が無断で仕事をしても、報奨金は10分の１しか入らねえ」

「な、なに？　……そ、そんなに抜かれんのかよ……」

「そこから、俺の手数料もろもろ……そして、最近できた法律で、『魔族が任務を達成しても、報奨金は10分の１』って決まってんだよ。あんた……魔族だろ？」

「……は？　10分の１からさらに10分の１？」

「ああ。大魔王が死んで戦争が終わり、和睦が結ばれたとはいえ、魔族が地上に来て人間の仕事を取らねえようにする配慮だ。それでもむしろ感謝してほしいぐらいだぜ。テメエら薄汚い魔族は、皆殺しか、魔界から二度と出てこねーぐらいにしてほしいってのによ」

ジオは男の話を聞きながら、「不愉快だから殺してやろうか」と思った。

そもそも、自分は魔族の血は流れているが、魔界には一度も行ったことがない。

むしろ、その大魔王たちとかつて戦っていた。

だが、そのことを誰も知らない。

あまりにも空《むな》しく感じてジオは何も言い返そうとせず、ため息を吐きながら踵《きびす》を返した。

「おい、あんた。実はここ数日、近くの山に生息しているモンスターの数が減っているんじゃないかっていう話を冒険者たちから聞いた。何か凶暴なモンスターが住み着いたんじゃねえかって噂だ。もし、もっと金が欲しければ、その凶暴なモンスターでも討伐したらどうだ？　まっ、逆に食われて死ぬかもしれないけどな。ギャハハハ！」

最後に煽《あお》るような挑発をされるも、ジオは聞く耳を持たずに、わずかな金を握りしめて外へ出た。

そして、いったん外に出て周囲を見渡すと、行き交う町の住民たちは誰もが怪訝な顔をして、ゴミでも見るかのように冷たくジオを見た。

店で何か買い物をしようとしても、入店拒否まではしないものの、誰も言葉を発せず不愛想な態度を取る。

宿にも一度泊まろうかとも思ったが、不愉快な空気に耐え切れず、わずかな金で必要なモノだけ買い込んで、ジオは港町から離れた草原に体を預けて、仰向けになって、空を眺めた。

「……これが……俺を忘れて手に入れた、テメエらの望む世界かよ……ティアナ……」

思わず、かつて愛した女の名前を口にしてしまうジオ。その名を呟《つぶや》いた瞬間、どうしても思い出してしまう。

それは、思い出したくなくても、脳裏によみがえる、運命の日のこと。

とある大きな戦への出立前。ジオはティアナの自室に呼び出されていた。

部屋に入るとティアナは、むくれた表情でジオを迎え入れて、不機嫌そうな低いトーンで問いかけた。

『ジオ、あなた……街の娘たちからお守りを貰ったそうね？』

『おお』

その問いに、ジオは特に気にすることもなく頷《うなず》いた。かつては半魔族ということで人々から差別的な目を向けられていたジオだったが、国の英雄として尊敬されるようになってから、帝国民の若い女たちから贈り物を貰うことは、特に珍しいことでもなかったからだ。

すると、ジオのその反応に、ティアナはヒクついた笑みを浮かべた。

『っ……へぇ、そう。さ、最近、随分と人気があるようねぇ？　それに、この間も、お姉様とイチャイチャしていたそうじゃない。あなた、何様？　帝国の王になったつもりかしら？』

『い、や、そんなつもりじゃ……まぁ、なんか最近、モテ期なもんでな……』

ジオが女にモテるのが単純に気に食わない。そんな分かりやすい態度を見せながら、ティアナはジオの傍に寄り、ジオの胸に顔を埋めた。

『ねぇ、ジオ……あなたは誰のもの？』

『ティアナ……その、お、俺……』

『いやらしい男。この私をただの女にしておきながら、あっちに行ったりこっちに行ったり……最初は、みんながあなたの良さをようやく知ったのだと誇らしかったけど……』

ジオの胸に顔を擦りつけながら、そう呟くティアナ。いつもは強気な態度で他者を見下している姫が見せる、珍しく弱々しい姿にジオは戸惑ってしまった。

すると、ティアナはジオの胸の中で突如ゴソゴソと動き、顔を赤らめながらジオを睨《にら》みつけるように見上げた。

『たとえ、誰があなたに惚《ほ》れようと、何人の女と関係を持とうと、あなたは私のものなのだから。だから、あなたの命を守るお守りなんて……私の……だけで……これで十分なのよ！』

そう言うティアナから、ジオは何かを手に握らされた。生温かい、シルクの感触がした。

『ちょ、ティアナ？　お、ま、誰かに見られたらどうすんだ！　なんでいきなり脱いでんだよ』

手渡されたソレが何なのかにジオが気づいた瞬間、ティアナは激しく興奮したように早口になる。

『ほ、ほら！　あ、あなたには、こ、こういうのを貰ったら一番うれしいものでしょう！　私のお気に入り……しょ、勝負用なのだから、タバコのにおいなんか染み込ませたりしたら、許さないわ！』

『いや、こんな脱ぎたて……貰ってどうすりゃ……』

『ふふふ、どう？　もし戦場で死んで、こんなのを持っていたのがあとで発覚したらどう？　恥ずかしいでしょ？　きっと、死後にあなたの名声はガタ落ちね！』

『お、おま、な、なんちゅうことを……』

『それが嫌なら、ちゃんと帰ってきなさい。そうすれば……もっと、ご褒美《ほうび》あげるから……』

『へ、変態プリンセス……』

『うるさい！　そ、それともご褒美は……先渡しの方がいいのかしら？』

しばらく帝国を留守にするかもしれない長期の遠征前に、ティアナと2人きりでそんな言い合いをし、気づけば互いに体を寄せ合い、心を重ねていた。

『必ず戻るって言いなさい……私を一番愛してるって言いなさい……』

『……恥ずかしいから……言葉より行動で……許してくれよ』

『バカ……それなら……猿にでも分かるぐらい雄弁な行動を見せなさい……』

唇を重ね、互いの存在を貪《むさぼ》るように求め合い、互いの愛を確認し合った。

しかし、そんな時に、運命を変える出来事が起きた。

◆◇◆◇◆

――我は『スタート』。魔界の神にして、大魔王である。裏切りの半端者……ジオ・シモン……貴様には、そして我らに害をなす光の姫には……地獄以上の苦痛を与えてくれる。

その時、ジオの前に現れた大魔王は、そんな言葉を残し、次の瞬間には、帝国に居た全ての者たちからジオの記憶が消された。

そして大魔王は、「大魔王の腹心」などという濡れ衣を着せて、ジオを地獄に陥れた。

その昔、魔族と人間のハーフという存在ゆえ、ジオは多くの者たちから冷たくされていた。

途方もない努力の果てに、ようやく多くの者から認められるまでになったというのに、気づくと元に戻るどころか、大魔王の計略で悪化したのだった。

◆◇◆◇◆

だが、その大魔王も死に、ティアナたちの記憶も戻り、今になって謝ってきた。

ようやくこれまでの流れを思い出したジオは、今こうしてここに居る。

「ちくしょう……俺は力を……帝国を……あいつらを……ティアナ……お前のために……そして世界のためにと願って高めたんだ！　小銭を稼ぐためじゃねぇっての！　……クソ……ガキの頃から十数年……なんだったんだ……俺の戦いは……人生は……全部……ほんと……無駄だった……」

心が寂しくなったが、ジオは意地でも涙は流してやるものかと耐え、町で買ったパンを強引に口の中に詰め込んで乱暴に咬《か》んだ。

だが、少し飲み込んだだけで、すぐにむせてしまった。

「げほっ、うげ……はあ……3年も飲まず食わずだったからな……まだ胃も治らねえか……つか、俺もよく死ななかったな……そういうところは……ほんと、俺も魔族なんだな……」

人間だったら確実に死んでいたはずが、魔族であるがゆえに生き永《なが》らえてしまった。

しかし、死んだ方がどれだけ楽だったかと苦笑しながら、ジオは食べかけのパンを投げ捨て、代わりにこれまた数年ぶりに買ったタバコに火をつけて吸ってみた。

だが、それもすぐにむせた。

「うげっ、げほっ！　うげ、げ、ごほっ、つ、な……なんつーまずさだ。タバコってこんなまずかったのか？　俺はこんなもんを吸ってたのか？　ただでさえ体に悪いのにまずいって……くそ、煙が目に染みる……」

久しぶりの食事もタバコも、まだ受け入れられないほどに壊れてしまった体。

肉体が魔族に偏《かたよ》った姿に変異し、全身に魔力が満ちたことで、枯れ枝のように細かった肉体もかつてに近いものにまで戻ったが、中身はそうもいかなかった。

「ったく……どうしちまったんだか……俺は……」

嘆《なげ》くように呟きながら、ジオはまとめ買いした日用品の中から鏡を取り出す。

伸びきった長い髪をナイフでバッサリと切り落とし、前髪で隠れていた自分の目や表情を久しぶりに見たジオは、愕然《がくぜん》とした。

「けっ……なんだこいつは？　殴《なぐ》りたくなるぐらいウゼー顔をしやがって……へっ……俺の顔か……」

かつては、毎朝自分の顔を見ては、パシンと気合を入れるように頬を叩いて、「今日もやるか！」と口にしていたが、今の自分は、殴りたくなるぐらい情けなく、力もなく、死んだような目をしていた。

だが、それは無理もなかった。

何よりも、今のジオにはこれから先、何をするのかすらも分からなかったからだ。

もはや、一切関わりたくない帝国やティアナに復讐《ふくしゅう》するというのもピンと来なかった。

本当なら、自分をこんな目に遭わせた大魔王を殺すというのが一番スッキリするのだが、もう大魔王は死んでいるためにそれも叶《かな》わない。

なら、何をする？

何も思いつかない。

なら、自殺でもするか？

しかし、あれほどの苦痛と地獄を味わいながら、こうして生き延びることができたのに、それを大人しく死ぬというのは我慢できなかった。

「ちくしょう……ちくしょうちくしょう！　俺は……俺はなんだったんだよォ！」

昔は躍起《やっき》になって、自分を認めさせたい、昇格したい、友達が欲しい、恋人が欲しい、女にモテたい、強い奴に勝ちたい、仲間たちとバカみたいにハシャぎたい、やりたいことや欲しいものがいくらでもあったし、すぐに思いついた。

だが、今は何もピンと来ることが思いつかない。

やりたいことも、生きる目的も、そして人生の意味も見出せなかった。

「やっぱ帝国の奴らを全員ぶちのめすぐらい暴れてやるかな？　って、バカか俺は……二度と俺の人生に関わるなって捨て台詞《ぜりふ》を残したのに、俺の方から関わりに行ってどーすんだよ」

そんなことぐらいしか思い浮かばず、また心が重くなって、ジオは俯いてしまった。

するとその時だった。

「……ん？」

突如、人の気配がして、ジオは体を起こした。

そこには、生気を感じさせない無表情の男が、フラフラしながら、ジオの傍を歩いていた。

「また……自分は……何をしているのだろうか……なぜ自分は壊れないのだろうか……なぜまだ動いているのだろうか……自分は……なぜまだ死んでいないのだろうか……」

一見すると、その男は、なんの変哲もない人間の若い男にしか見えない。

長袖で白い布切れの質素な服。

髪も奇抜なものではなく、黒髪で、前髪が少し目にかかる程度の長さ。

体も大柄なわけではなく細身で、身長も普通。

どこにでもいそうな、人間。

そして、ジオの存在に気づいていないのか、気づいていても興味を持っていないのか、寝そべっていたジオを一瞥《いちべつ》もせずに通り過ぎようとする。

壊れた人形のようにフラフラと歩いていたその男は、やがて足を躓《つまづ》かせてそのまま倒れ込んでしまった。

「……おい」

近くで倒れられたため、思わずジオは声をかけてしまった。だが、男はジオの言葉に反応することも、起き上がることもせず、ただ生気のない瞳だけを開けて、そのまま倒れ込んでいた。

その男の瞳に、ジオは言いようのない不快感を覚えた。

「ちっ……おい、そこで寝るんじゃねえ。寝るならよそに行け。それとも、腹でも減ってんのか？　俺がその辺に投げ捨てたパンでもよければ、食っていいからどこか行け」

イラついたように男に告げるジオ。だが、男はいっこうに起き上がらず、ジオの言葉も無視し続ける。

「ったく……ウザってーなー……おら、起きろ！　町はすぐそこなんだから、寝るならそこで寝ろ」

結局ジオの方が立ち上がり、倒れている男の体を引き起こす。そのまま町に引きずって、あとは町の住民たちに委《ゆだ》ねようとした。

「……お前は……？」

体を引き起こされて、ようやく男はジオを見て口を開いた。

「魔族……？　いや、……半分……」

「うるせえよ。なんか文句でもあんのかよ？」

「……どうして……自分を？」

「うるせーってってんだろ」

ジオは不愉快になりながら、男を引きずろうとした。

正直、その場から立ち去って見捨ててもよかったのだが、ジオは自分でもよく分からないまま、男に関わってしまった。

助けようと思って動いたわけではないと、ジオは自分に言い聞かせながら、男に言い放つ。

「けっ……覇気《はき》のねえ、胸糞《むなくそ》悪い死んだような目をしやがって……そんな奴に、近くに居られると、殺したくなるだけだよ」

もう死んでいるような覇気のない瞳。

それはまるで、数秒前に鏡で見たジオ自身と同じような瞳だった。

だからこそ、ジオも余計《よけい》に心がざわついたのかもしれない。

「……なら……お前なら……自分を完全に殺してくれるだろうか？」

「あ？　おい、待て、テメエ……」

ただでさえイライラしているジオにとっては、それは安い挑発でありながら、そのイライラを解消するにはちょうどいい塩梅《あんばい》だった。

「おい、平和な世の中になったからって、魔族全員大人しいと思ったら大間違いだぞ？　今の俺なら……本当にヤルぜ？」

気づけばジオは、男の胸倉《むなぐら》を掴《つか》んで拳を振り上げていた。

生きているはずなのに、死んだような目をしている男。

それがまさに自分と重なってしまい、その事実に耐えきれずに、ジオは出会ったばかりの男に拳を振るった。

「らぁぁ！」

その拳を、生気のない男は無防備に受けた。

力なく殴り飛ばされ、草原の上を転がり、反撃するわけでも立ち上がるわけでもない。

ジオはそんな男の胸倉を無理やり掴んで起こし、また殴った。

「殺せるかだ？　おい、何をクソ笑えねえこと言ってやがる！　よりにもよって、今の俺に向かってそんな言葉、口が裂けても言うんじゃねぇよ！」

既に壊れた人形のように動かない男を、ジオは殴った。血飛沫《しぶき》が飛び散り、それでも殴った。

弱い者いじめや、弱者をいたぶること、戦意を失った相手に対する執拗な攻撃など、ジオはかつて死ぬほど嫌いだった。

「くそォ！　くそォ！　くそおおお！」

しかし、そんな過去の自分の輝かしい時代が脳裏によみがえり、同時にかつての仲間たちと笑い合った光景が頭をよぎった瞬間、ジオはまた涙が溢れそうになった。

「ちくしょう……俺は……俺は何やってんだよ、こんなところで！　弱い者いじめとか……まして や、戦意もねぇような男を殴るなんて最低なことを……何やってんだよ……」

もう二度と取り戻すことのできない日々に心が脆《もろ》く崩れ去り、それを誤魔化すかのようにジオは、名前も知らない、自分と同じ目をした男を殴り続けた。

「ぶっ飛びやがれッ！」

そして、ついに我慢の限界に達して、ジオは一般人に振るうには大きすぎるほどの力を、新たによみがえった魔族の腕に込めて振り下ろそうとした……が……。

「……っ……」

「ッッ？」

突如、死の際《きわ》に陥った生気のない男から、背筋も凍るようなオーラが発し、ジオの全身に鳥肌が立った。

そして次の瞬間、ジオの脇腹には抉り込まれるように、目の前の男の拳が深々と突き刺さっていた。

「ごはっ……んな……」

「あっ……」

まさかの反撃。生気のない男は、自分でも反撃してしまったことに驚いたのか、目を見開いている。

防衛本能ゆえに、体が勝手に反応して抵抗したのかもしれない。

だが、ジオにとって問題なのは、男が自分に繰り出した、悶絶《もんぜつ》するかのような強烈なボディーブローの威力の方だった。

「な……なんだ、い、今のは？」

数年ぶりに感じる、「痛い」と思えるほどの攻撃。

それは、かつて最前線で常に死地と隣り合わせに居たジオでも、滅多に味わったことのないほどの一撃。

気を抜けば、すぐにでも地面に膝がついてしまいそうなほどの強烈な力だった。

「お、俺の体が、ブランクと幽閉生活で弱体化したこととは……無関係にツエー！　こ、こいつ……」

ジオが血走った瞳で、目の前の男を睨みつける。

だが、反撃したことに驚いたものの、男はまたすぐに力をダランと抜き、無防備になった。

「な……何もんだよ……テメエ」

純粋な興味から、ジオも聞いてしまっていた。だが、その問いに対して、男はただ力なく呟いた。

「どうして……手を出してしまったのだろうか……」

「あっ？」

「……身も心もポンコツになり……生きる意味も役目も失いながら……この鉄くずの心は……まだ生きたいと……願って？」

「……おい、何を言ってやがる？」

「……いやだな……ああ……いやだ」

「だ、から……何もんかって聞いて――」

だが、その時、ジオの背筋が思わず凍りついた。

「ッ……な、なんだ？」

突如にして漂った、広々とした草原を埋め尽くすような禍々《まがまが》しい異様な気配。それを感じ、思わず拳を止めたジオは振り返った。

「なんじゃぁ、ケンカかぁ？　禍々しい力と同胞の匂いを感じて来てみれば……人間との血が混じった半端者じゃなぁ……ぬわははは、だが、よいぞ！　やれやれ～い。やはりいつの時代、どの種族においても、喧嘩《けんか》は男のコミュニケーションじゃな」

そこには、「何か」を担いだ巨大な男が居た。長身のジオよりも遥かに大きな巨体と筋肉を搭載した怪物。

「で、で……でけえ！　な、なんだこいつは？」

獅子のような立派な髭《ひげ》を靡《なび》かせて、その顔面と肉体には無数の傷跡。

歳はかなりいっているが、衰えては見えない。

衰えを知らない屈強な老人。それがジオの抱いた印象だった。

そして、目を見張るのは、男が人間ではないということだった。

「……へっ……魔族か……随分と野性味溢れるジジイみてーだが……何もんだ？」

狼狽えた反応を見せたくないと本能的に思ったジオは、咄嗟《とっさ》に挑発するような笑みを浮かべながら男に尋ねる。

だが、その時……。

「ちょ、助けてくださいィ！　このじーさん、魔族で虎を食っちゃうぐらい超強くて、捕まって逃げられな……って、こっちの人も魔族？　なんで？　っていうか、取り込み中だったらマジすみません！　靴でも泥でも舐《な》めて土下座するんで、許してほしいんで！」

巨大な老魔族の肩に担がれていた「何か」が、モゾモゾ動いて声を上げた。そこに居たのは、少年だった。

全身を覆うローブとフードを被《かぶ》り、フードの下から見える顔は弱々しく、根暗そうで、男にしては長い黒髪は片目を完全に覆うほどで、肉体はローブで包まれていてもヒョロヒョロしているのが分かる。

ジオの見立てでは人間。

そして少年は、いったんジオに助けを求めようとしたが、ジオが人間ではないことと、異様な殺気を飛ばしていることに気づいて怯えた顔を浮かべた。

「けっ……次から次へと……なんなんだ？　ウゼー奴らだ……抉るぞ？」

「ほう。荒ぶっておるのう」

「ひいい、ごめんなさい！　すぐに居なくなるんで許してください！」

「これこれ、待て、小僧。せっかく迷子のウヌを助けてやったんじゃ。メシぐらい奢《おご》るまで逃げるでない」

「財布ごと渡すんで、逃がしてください！」

状況から見て、ジオは人間の少年が老魔族に捕まっているのだろうということは理解した。

本来なら、助けを求める人間を救うのは自分の役目だった。

しかし、この時はどうしてもそんな気が湧かず、今はただ、イラついた気持ちをぶつけていた途中で水を差されたことに、余計にイラついていた。

「とにかく邪魔すんじゃねえ。俺は今、このイラつく男をぶちのめすところなんだからよ」

そう言って、再び男と向き合うジオ。すると、男もまた力なく頷いた。

「そうだな……壊してほしいものだ」

そう呟く男に、老魔族と少年も振り向いた。

「ほほう。こっちの男は、これまた辛気《しんき》臭い目をしとる……が……なかなか興味深い力を感じるのう。ぬわははははは、面白い。こんな2人が喧嘩しとるのか」

「あっ、に、人間！　こっちは人間だ！　あの、ちょ、助けてください！」

老魔族は男を興味深そうに見て、少年は助けを求める。

だが、男は2人に対して特に反応を示さず、ただ変わらぬ無機質な目でジオを見ていた。

「ああ、続きだ……望み通り、ぶっ壊してやるよ！」

「……ああ……それが望みだ」

ジオは雄叫びと共に、全身に膨大な魔力を漲《みなぎ》らせていく。

気が遠くなりそうなほど暗黒の世界に陥れられ、果てしない深淵まで堕ちた闇の魔力。

ただそこに立つだけで、草や木々が生気を失くして枯れてしまうほどの力が、ジオのかつての力を取り戻すどころか、むしろ高めていく。

「ほほう……禍々しいが、痺《しび》れるような力……この半端小僧からは紛《まぎ》れもなく……かつての『七天』と同等か、それ以上の力を感じるわい」

「はっ？　え、……えええええっ！　し、ししし、しちてん……『七天』ってあの？」

「ぬわははははははは！　驚いたわい。これほどの暴威と偶然出会えるとはな」

すっかり見物するかのように居座った老魔族の口から出た、『七天』の言葉を聞いて、ジオは鼻で笑った。

「けっ、七天？　それがどうした……ジジイ」

「ん？」

「俺はそんなもん……3年も前に超えてんだよ！」

「……なに？」

自分は、かつてその称号を持った魔族の1人を仕留めていると。

そんなものと比べるなと。

「そうだ！　もし俺があのまま捕まってなかったら……大魔王だって俺がブチ殺していた！　俺が帝国どころか……世界の英雄にだってなってたんだ！　みんなだって、ずっと俺の傍に居てくれたんだ！」

そして、もしあのまま自分に何も起こらなければ……。余計に悲しくなるようなことを考えてしまい、ジオはそれを振り払うかのように猛《たけ》る。

対して、生気のない男は眉一つ動かさない。

「……その禍々しい力……受ければ……自分も流石《さすが》に死ねるだろうな……」

「ああっ、抉れろ！」

死にたがりの男相手に繰り出すには過ぎた力かもしれないが、今のジオはただ、己の中の鬱《うっ》憤《ぷん》の全てを吐き出したかった。

拳に纏《まと》った闇の瘴気《しょうき》が、ついに男を捉える……そう思っていた。

「加速装置を使って……反射的に……回避してしまった……か……」

男は、拳を振り抜いたジオの背後に回り込んで、攻撃を回避していた。

今になって命が惜しくなったわけでもないのだろう。先ほど反撃した時と同様に、男は再び自分に驚いたような表情をしている。

だが、ジオが気にするのは、先ほど同様に、そんなことではない。

「俺が……見失って……こいつ……スピードが……桁違いだ！」

そう、先ほどの攻撃力同様に、尋常でない身のこなしとスピード。

もはや、決定的。男は明らかに普通ではない存在だった。

「……どうせ憂《う》さ晴らしのつもりで……気にもしなかったが……マジで教えろ。テメエ……何もんだ?」

流石にジオも、男の正体に興味を持った。すると男は俯いたまま、少し迷ったような表情で答える。

「……マシン……マシン・ロボト……それが自分の名前だ」

マシン。その名前……少なくとも3年前の時点で、ジオが聞いたことのある名前ではなかった。

つまりこの男は、ジオが幽閉されていた3年の間に台頭してきた人物。もしくは、これまで世界から知られずに隠れていた実力者。

いずれにせよ、名前を知ったところで、知らないものは知らない。

だが、それでも名前を名乗った相手に対して、ジオもまた自然に答えていた。

「そうか。俺は……ジオ。ジオ・シモンだ」

「……ジオ……だと?」

「冥土《めいど》の土産に覚えておいてくれよ」

すると、ジオの名前に対して、マシンは「ああ」と頷いた。

「ジオ・シモン……3年前……七天大魔将軍の1人……『魔剣聖・パスカル』を討ち取った男か……」

「なんだ。古い話を知ってくれている奴も居たんだな。帝国の奴らは誰ひとり覚えてなかったってのによ」

自分の過去最大の栄光をマシンは知っていた。

しかし、知っているだけで、特に驚いている様子はない。

「じじじじ、ジオ！　ジオ・シモンッ！　帝国の……『暴威の破壊神・ジオ』？　ちょ、あ、あれがあの？　七天の1人を討ったとかいう……でも、最近の人魔大戦で全然名前轟《とどろ》いてないから、死んだんだと思ってたのに」

少年が一番驚いていた。

それはジオの名前に対してだけでなく、相手のこともだ。

「そ、それに、ま、マシン・ロボトって……あの、大魔王を倒した『勇者のパーティー』の……『鋼《はがね》の超人・マシン』のこと？　暴走して暴れて、仲間だった勇者たちに粛清《しゅくせい》されて死んだって話じゃ……」

その言葉に、ジオは聞き逃すことができずに驚愕した。

「大魔王を倒した……勇者の一味だと？　こ、この死にたがりが……」

驚いたと同時に、確かにこれほどの実力者であれば、それも不思議ではないかもしれないとジオはむしろ納得した。

だが、聞き逃せなかったのはもう一つのこと。

「勇者のパーティーだったのに……粛清されて死んだ？　どういうことだ？」

仲間だったはずの勇者に粛清？　暴走？　その意味が分からず、ジオは自身の力を解いて尋ねると、マシンは空を見上げて切なそうに答える。

「二つ訂正がある。自分は大魔王を倒していない。自分は……大魔王を倒した者たちと……かつて一緒に居て……クビにされたに過ぎない」

「……クビ？」

「そして、自分は暴走などしていない。しかし今の世では……自分は……『そういう存在だった』……と言い伝えられていたのだな」

クビ。その言葉にジオは思わず心臓が跳ね上がった。

クビとはまさに、本来の自分の居場所から追い出されたということで、どうしても他人事のようには思えなかったからだ。

そんなジオの心境を知らず、マシンは続ける。

「そう、自分はかつて、この痛みを知らぬ体で……血気盛んな仲間たちと世界を舞台に暴れていた……共に命を預け、与えられた使命のために戦い、そして……本来備わっていなかった……『心』というものまで持ってしまった……」

それはまるで、「自分は真っ当な人ではない」と言っているように聞こえて、ジオが首を傾げると、マシンはその疑問に答えるかのように、自身が着ていた白布の服をめくって、上半身を脱いでみせた。

するとそこには、上半身のほとんどを鉄や鋼の素材が埋め尽くし、本来人の心臓があるべき部分には異様な光が点滅していた。

「テメエ……そうか。今は亡きカラクリ技術の盛んだった王国が研究していた……『半機械式改造人間・ターミニーチャン』……生身の肉体をベースに人工的な改造を施す技術……初めて見るな」

そう、まともな人ではない。魔族でもない。

それが、マシンの正体だった。

「だがある日、ある諍《いさか》いがきっかけで……仲間たちから危険視された自分は……クビにされ……二度と起動しないように封印されていた……はずだった」

「……二度と……動かないように……」

「しかし、気づけば自分は再び起動していた。だが、目が覚めたら……自分が本来作られた目的……大魔王を倒すための駒として生まれたはずの自分の役目は、もう終わっていた……」

マシンの抑揚のない淡々とした口調から語られる切ない想いを聞いて、ジオはようやく理解した。

マシンの死んだような目が、今の自分と同じような目だと思ったからジオはイラついていた。

だが、同じなのは目だけではない。

「この生き延びてしまった体は……なぜ壊れてくれない。なぜ、自分はもっと脆く作られていなかった。なぜ、不要な心まで持ってしまったのか。もはや仲間の元へ顔も出せない……こんな痛みを抱えながら……生きるのは無理だ……だから……壊してほしいと思った」

この男の人生もまた、自分とどこか似ているのかもしれない。

だから、必要以上にイライラしたのかもしれない。

そう思った瞬間、ジオは抱いていた暴力的な衝動が失せて、自分もまた切なくなっていた。

「ぬわーはっはっはっは！ ぬわーっはっはっはっはっは！」

すると、突如老魔族が、心底機嫌よさそうに豪快に笑った。

「ぐわははは……いや〜、驚いたわい。『大魔王スタートのクソガキ』を倒した者たちの仲間だった男と、『近年の七天』を倒した男か……よくもまぁ、世界はこんな2人を放置して、こんな辺境の田舎で出会わせたもんじゃわい」

老魔族は、ジオとマシンの2人に対して笑っていた。

「よいではないか！　『数百年』も経った世で、ワシの作った七天も滅び、ワシの知っているものは何もなく、既に人魔の戦争もケリがついてしまって、今の世はつまらんかもしれんと思っておったが……まだまだ暴れ足りないと思っている男たちが居たではないか」

老魔族はまるで、玩具を見つけてハシャぐ、子供のような目をしていた。

「おい、邪魔すんなって言っただろ？」

ジオは今、感傷に浸っているところで、あまり余計な茶々を入れてもらいたくない。

そんな気持ちを逆なでするかのように笑う老魔族は、ジオにとって不快でしかない。

マシンにぶつけられなくなったモヤモヤを、この老魔族にぶつけるのもやぶさかではないジオは、老魔族を不愉快そうに見る。

「うるせージジイだ。だいたい、テメエもなんなんだよ？」

ジオの問いに、老魔族は「ああ」と手のひらを叩いて……。

「ぬはははは、それもそうじゃな。じゃが……これほど、騒がしい自己紹介を見せられたあとに、普通に名乗るのもつまらんな。どれ、ワシにも、ウヌ流の自己紹介をしてくれんかのう。それを吟味して、ワシも名乗ってやる」

まるでジオを試すかのようにニタニタと笑みを浮かべ、それどころか「かかって来い」と挑発までする。

ただでさえ、マシンのことで色々と考えさせられているというのに、この状況においてわけの分からない外野からの冷やかしは、ジオをさらに激怒させた。

「あ〜、そうかい。じゃあ、いらねーよ、テメエの紹介なんざ」

「ほほ?」

「名乗る前に門前払いされて、そのままお帰り願おうか? 地の果てまでな。あいにくこっちは別件で忙しいんでな!」

「そ〜言うでない。つれないの〜。……そんなイジワルは、器の小ささが知れるというもんじゃわい。相手を知らずに顔だけ見てテキトーにあしらう男など、ワシが女じゃったらタマ蹴り上げとるぞ?」

イラついたジオから発せられる、禍々しい怒りの瘴気。

それに触れてなお、愉快そうに笑う老魔族は「自分のことをよく知らないのに、そんな態度は酷いぞ?」と言うが、ジオとてそこは分かっている。

「けっ、テメエがただ者じゃねぇことぐらい、一目見りゃ分かるさ」

「おお、そうか?」

「この死にたがりの男とは別の意味で……昔戦ったヤベエ連中となんら遜色《そんしょく》ねえ気を放ってる

さ。だがな、それも含めて全てが、今の俺にはどうでもいいんだよ！」

ジオとて老魔族がただ者ではないことぐらいは分かっている。

だが、それでも今はこう言いたかった。

「何者だろうと……俺は今、イラついてんだ！　関係ねー奴はすっ込んでろっ！」

今は、お前の相手をしている時じゃないからどいていろと。

そんなジオの怒りに対して、老魔族は余計に笑った。

「ぬわははははは、それを言うなら人は皆、生まれながらに他人であり無関係。しかしそんな無関係な者たち同士が出会い、語らい、ぶつかり合い、その果てで世界は回っておる。それは、数百年前であろうと今でも変わらぬ世の理《ことわり》――」

「じゃあ、もう俺の名だけ受け取って吹っ飛んでろぉ！」

へ理屈のような言葉を並べる老魔族にイラついて我慢の限界に達したジオは、暗黒の瘴気を身に纏い、拳を突き出して飛びかかった。

だが次の瞬間、ジオは全身の鳥肌がゾクリと逆立った。

「ふっ、この礼儀知らずの小童《こわっぱ》がぁぁぁぁぁッツッ！」

「ッ？」

飛びかかるジオに対して、老魔族はニタリと笑い、まるで獲物を待ちかまえていた肉食獣のようなオーラを発した。

マシンのように無機質な気ではなく、他者を飲み込み、押し潰し、圧倒するかのような強烈な圧迫感。

互いの拳がぶつかり合い、周囲に荒れ狂う突風が発生。

行き場をなくした衝撃波が大地に伝わり、２人の周囲に円を描くように巨大な亀裂を走らせながら、一瞬で大地を大きく陥没させ、まるで隕石が落ちたかのようなクレーターができた。

「おほっ」

「こ、このジジイッ？」

互角。だが、歯を食いしばって拳を突き出すジオに対して、老魔族は心地よさそうな笑みを見せ、次の瞬間、己の両足が穴ぼこの底でさらに埋まりそうなほど力を入れ、

「ヌワアアアアアアアアアアアッ！」

天に突き出すように拳を振り上げて、押し合いをしていたジオの拳を体ごと天高く殴り飛ばした。

「ッ、つ、グッ？　ど、どうわああっ？」

強烈に撃ち上げられ、そのまま地面に背中から叩きつけられるジオ。

だが、すぐに立ち上がり、拳の痺れに堪えながら、老魔族に向かって再び構え直す。

「……ふふ……ぬわははは。いいのう……久方ぶりに、ワシも体が痺れたわい！　まだまだ粗削りじゃが……その胆力《たんりょく》と、修羅場を潜り抜けてきたであろう気迫は、十分ワシを唸《うな》らせるものであったぞ？」

ジオの姿を、老魔族は賞賛した。

一方でジオは、構え直したものの、自分が今受けた衝撃に、心を大きく震わせた。

「一撃で分かりすぎるほど……ただのパワーバカじゃねえ……骨の髄《ずい》まで……相手の魂すらも食い潰すかのような、異常な重さ……ふざけてやがる……こいつ……俺がかつて戦った誰よりも……」

熱くなり、怒りに満ちていた先ほどの自分が、急に冷静になって、落ち着かされてしまうほどの衝撃。

認めたくはなかったが、目の前の老魔族は、ジオがこれまで戦ってきた最強の敵を上回る力の持ち主だと実感し、認めざるを得なかった。

「で、そっちのカラクリ小僧もどうじゃ？」

「……」

そして、老魔族の次の矛先は、呆然と立ち尽くすマシンに向かう。

「ウヌの鋼の魂も、少しは吟味させよっ！」

「ッ？」

再び野生の獣のような空気を発し、老魔族はクレーターの底から一足飛びでマシンに向かって飛びかかる。

死にたがりで、無防備だったはずのマシン。しかしこの時は、ジオとの立ち合いと同様に、自身の肉体の防衛本能が勝手に反応し、即座にその場から離脱しようとする。

「加速装置最大ゲイン……亜音速」

「ほう」

一瞬で目の前から姿を消すマシン。スピードは、マシンの方が上……だったが……。

「ほりゃっ！」

「ッ？」

そのマシンの逃れた先に、既に老魔族は回り込んでいた。

これにはマシンも予想外だったようで、大きく目を見開いている。

「ぬわははは、確かに速さはウヌの方が上じゃが……勘と経験で動きの先読みぐらいはワシもするぞ？」

回り込まれたマシンだが、即座に手のひらを前に突き出して老魔族に向ける。

殺されたかったはずの男が、老魔族の圧倒的な存在感を前に、死を拒絶してしまった。

そして……。

「超音波振動波ッ！」

空間が歪んで見えるほどの、目に見えない衝撃がマシンから発せられ、老魔族の肉体が歪んだ。

老魔族は、まるで体内から爆発したかのような音を発し、肉体が揺れた。

しかし……。

「なるほど……超音波なんたらというやつか？」

「な……なに？」

「分子の結合に干渉してあらゆるものを破壊し……体液などを振動させ……あ～、とにかく！ちょっと痛かったぞい！」

「ぐぬっ？」

老魔族は両耳から、両目から、口から血を噴き出しながらも、まるで痛みを感じていないかのように再び笑った。

「ぬわははは……生きたいのか死にたいのか……もうちょい考えてから口にせんかっ！」

「ふがっ？」

マシンが驚いた瞬間、老魔族は強烈な平手をマシンに放ち、回避できなかったマシンの体は壊れた人形のように軽々と飛び、クレーターの底まで叩きつけられたのだった。

「お、おいおい……こ、の……ジジイ……」

「かはっ……っ……強い……」

己の力には自信があったジオとマシンだったが、その自信を打ち砕くかのような圧倒的な力に驚きを隠せずにいた。

「あ、わわわわ、も、もう、なんなんで？　なんで、破壊神ジオと鋼の超人マシンがこんなところにいて……しかもその2人がやられてんの？」

まるで状況が理解できず、ただ腰を抜かして震えながら半べそをかく少年。

誰もがこの衝撃を説明できない中、満足したかのように老魔族は口を開く。

「とはいえ、なかなかよかったぞ？　ジオとやら。そしてマシンとやら。ワシも久しぶりに力を振るったが、思わずヒヤリとしたぞい。だからこそ、生きているという実感も湧いた」

3人が抱いた「この男は何者か？」

その疑問に対して、老魔族は答える。

「褒美にそろそろ、ワシも名乗ろう。ワシは現在、流浪の旅をしておる、『ガイゼン』という者じゃ」

老魔族がそう告げた瞬間、名乗られた名前が名前なだけに、ジオも鼻で笑ってしまった。

「けっ、ふざけてんのか？　よりにもよって、神話の怪物と同じ名前をしやがってよ」

「ん？　そうなのか？」

「あっ？　魔族のくせに知らねーのか？　七天の創設者にして魔界史上最強と呼ばれた、『闘神・ガイゼン』のことをよ」

「ああ、それ、多分ワシのことじゃ」

「へ～、そうかよ。あんたがあの闘神ガイゼン……ん？」

その瞬間、ジオも、マシンも、そして腰を抜かして逃げるタイミングを失った少年も固まってしまった。

「えっ、い、今、ななな、なんつった？」

頭が混乱してしまったジオが絞り出すようにそう尋ねると、老魔族は笑いながら答える。

「ん？　じゃから、それワシ」

「いや、だから……と、闘神ガイゼン……」

「じゃから、それワシじゃ。七天を創ったの、ワシじゃぁ」

その瞬間、色々な感傷やらが吹き飛び、ジオは身を乗り出して叫んでいた。

「ざ、ざけんな！　闘神ガイゼンっていえば、数百年以上前に死んだ伝説の大怪物だろうが！　何をサラッととんでもねーこと言ってんだよ？」

「じゃから、ワシ、生きとるって。ワシに下剋上されるのを恐れた大魔王が、色々とワシにイチャモンをつけて、魔王軍から追放するような形で、ワシを異次元空間に閉じ込めて封印しおったんじゃ」

「……えっ？　は……えええっ？」

「以来、数百年間ずっと眠っていたのじゃが……つい最近、封印が解けて目覚めることができたのじゃ！　ぬわはは、あやつ、死んだんだってな！　おかげで、復活してしまったわい！」

老魔族が豪快に笑う空の下、半魔族と機械式人間と人間の少年が絶句した。

3章　集いし男たちの座談会と決起

気づけば4人は、町の酒場で座談会を開いていた。

ジオは戦う意志が薄れ、正直、ここに居る面々の素姓の確認の方が重要だった。

それは、特にこの状況に巻き込まれた少年にとって最も切実であるらしく、正直今すぐにでも逃げだしたい衝動に駆られつつ仕方なし、という感じで、彼は各々に確認していった。

「え～っと、じゃあ、そっちのあんたが、かつて帝国の将軍だった、『暴威の破壊神・ジオ』？」

「おう」

「んで、そっちのあんたが、かつて勇者のパーティーの1人だった、『鋼の超人・マシン』？」

「そう名乗っていた」

「……で……あ～、ほんと嘘であってほしいけど……その、あんたが……いや、あなた様が……神話とまで言われている、初代七天の1人で最強と謳われた、『闘神・ガイゼン』？」

「ぐわはははは、ワシは神話か！　なかなか気分がいいものじゃな！」

半魔族に、機械式人間に、老魔族。異様な組み合わせに、酒場の客たちが遠巻きに怪訝な顔をしながらチラチラと盗み見てくる中、少年は頭を抱えて俯いてしまった。

「いや、あの処理させてください。……いえ、やっぱ無理です。処理できないんで。僕の頭の中、ほんとカオスワールドになっちゃってるんで。……というか、僕は関係ないんで、席を外させてもらってもいいでしょうか?」

正直、ジオにとっても、マシンにとっても、そしてガイゼンにとっても、目の前の少年に関してはどうでもよかった。

だが、ことのついでというものもある。

なぜならこの場に居る3人。ジオは3年間牢獄に、マシンは2年間どこかに封印され、そしてガイゼンも数百年間異次元空間に。つまり、3人とも現在の世の情勢は、大魔王が死んだぐらいしか知らなくて、それ以外のことは全く疎《うと》いのである。

つまり、今の世の情勢を知っているのは、この場において少年だけだったのである。

「で、あ～……テメエは……」

「あっ、僕はただの一般人なんで」

「ふ～ん……名前は」

「はぁ、『チューニ』です。『チューニ・パンデミック』。それが僕の名前なんで。でも覚えなくてもいいんで、ほんとつまんないボッチ男ですから。つか、すぐいなくなりますんで」

チューニ。それが少年の名前。

ジオもマシンもガイゼンも、全く聞いたことのない名前だった。

「おい、チューニ。話の通り、俺もこの人形もジジイも、今の世間の状況をよく知らねー。概要を説明してくれ」

だから、チューニ自身がどうのより、ジオは今の世についてを尋ねた。

チューニはずっと怯えた様子だったが、逃げられる状況でもなければ、怒らせていい相手でもないと察し、観念して説明する。

「あ〜、『人魔大戦』……大昔から続いていた戦争が、1年前から大規模になり……地上の各所で行われた、魔王軍と人類連合軍の戦争はご存じすか？」

「「「まったく」」」

「あ〜、いや、まぁそういう戦争があって……んで、魔王軍が負けて、大魔王が死んでハッピーエンド。まぁ、一言で言うならそんなとこっすね」

大魔王が死んでハッピーエンド。その言葉が自分には皮肉に聞こえ、ジオは少し笑ってしまった。

「で、勇者はお人よしにも魔族を皆殺しにしたりしないで、和平条約みたいなのを結んで、魔界が地上を侵攻しない限り、地上も魔界に攻め込んだり、既に地上で暮らしている魔族に危害を加えたりしないとかって話になったみたいす。迷惑にも」

「ほ～……。おい、人形。テメエをクビにしたのがその勇者だろ？　そういう奴か？」

「……ああ。そういう奴だった」

軍人だったジオからすれば、世界中を巻き込む戦争をしていたわりには随分と甘い決着だと思えた。少し納得はいかなかったが、そのおかげで自分もガイゼンもこうして町の酒場で食事ができることを考えると、微妙な気分になってしまった。

「大魔王が死んだのは分かったが……『七天』はどうしておる？　多分、現代の七天はワシも知らんが、全滅したのか？」

同じく事情に疎いガイゼンも、興味を持ったようで質問をした。

「えっと、多分……何人か死んだのは新聞で配られたから知ってるけど、全員がどうなったかまでは……」

「そうか……つまり、七天自体が既に崩壊しておるわけか。数百年も経っているとはいえ……寂しいもんじゃのう」

「……まぁ、確かに七天制度がなくなったのは事実みたいす」

「して、血肉湧き立つ戦の時代も終わり……今は平和な世界というわけか。惜しいのう……もうちょい早くワシも復活したかったぞい」

皆がグラス１杯の水なのに対して、１人だけ酒樽を丸ごと掲げて豪快に一気飲みしながら、ガイゼンが少しだけ切なそうに呟いた。

だが、ガイゼンの言葉をチューニは即座に否定した。

「あっ、いや、平和かどうかは微妙っす。つか、逆に今は、まだ荒れてる傾向にあるっす」

「……何っ？」

意外な言葉にジオも思わず聞き返してしまった。

「……どういうことじゃ？」

「あ〜……大魔王が死んで……元々統治されていたはずの魔界が混乱状態になったとかいう噂で……これまで大魔王という巨大な王の下に隠れていた、魔王軍にも所属していない危ない奴らが暴れ出しているとか」

「……ほほほう！　なるほど……言われてみれば、確かにそれはあり得るのう！」

チューニの言葉に、ガイゼンは嬉しそうに身を乗り出して頷いた。

「ワシが居た時もそうじゃったが……魔王軍という巨大な存在は、人間にとっては脅威だったかもしれぬが、魔界においては、無法を働こうとする悪の魔族たちにとっては巨大な抑止力にもなっておったのじゃ。しかし、大魔王が死んで、魔王軍も崩壊したのなら、その抑止力から解き放たれた悪の勢力たちが徐々に表舞台に出始めているということ。つまり……」

つまり？　ガイゼンはニタリと笑みを浮かべ……。

「悪の世界の権力争いが始まり、次の大魔王の座を狙う戦いになっているのかもしれんな」

ガイゼンがそう告げると、正解だったようで、チューニは頷いた。

「そうす。おまけに、タチの悪いことに、戦争の混乱を利用してぼろ儲《もう》けしたり、あくどい商売をしていたギャングみたいな人間たちも居て、そいつらと手を組んで、裏で色々とやっているとか……なんか……そういうことみたいす。僕もあんま詳しくないんで、それ以上は知らないんで……」

悪の覇権争い。ジオにはそういう発想はなかったが、言われてどこか納得できる気もした。

確かに、大魔王や七天という抑止力がなくなったのなら、魔界の情勢はあまりよくないだろうし、好き勝手に悪だくみをする奴らが居てもおかしくない。

とはいえ……。

「そうかい。まっ……もう、俺にはどうだっていい話ではあるがな」

もう、今のジオにとってはなんの関係もない話でもあった。

「そういえば……ジオとか言ったな、小僧。貴様も色々とあったようじゃが……何か世界に恨みでも抱いたか?」

マシンやガイゼンは過去に何があったかの概要は話したが、ジオは話していない。

別に不幸自慢をする気はなかったが、別に隠すことでもないだろうと、ジオは語った。

「ふん、俺は……」

だが……。


……数分後……。


「つーわけでだ……まぁ、マシンだったか？　テメエにきつく絡んだのも、なんか妙に自分と重なって見えたってのがあってよ……イライラしちまったんだよ。そんなとこだ」

自分の身に何が起こったのかを自嘲しながら語るジオ。

だが、ジオの話を聞いた一同からは……。

「なんじゃや、つまらん。要するに、拗《す》ねて家出しただけであろう」

「話を聞く限り、すれ違いはあったようだが、今では別に嫌われてもいないと思うし、追放もされていないと思うが」

「つか、あんた好かれてんじゃん」

3人からの反応は意外なもので、ジオの不幸な話を聞いても、「そんなもん？」みたいな様子で、むしろジオにも問題があったような言い方であった。

「ちょ、お、おま、俺がどんだけ傷ついたと思ってんだ！　仲間に急に忘れられて、体中を切り刻まれて、罵倒《ばとう》され、んで3年も飲まず食わずで暗闇の世界に押し込められて！」

「ワシは数百年じゃぞ？　まぁ、ワシの場合はほとんど寝ていたようなもんじゃが……でも、仲間は悪いと思って謝っておるんじゃろ？」

「大魔王のせいなら仕方あるまい。仲間たちも忘れたくて忘れたわけではないのであろう」

「つかさ、あんたみたいな不良っぽい男が周りから好かれてたって時点で冷《さ》める。そこは嫌われとけよと思う。半魔族で不良なのに好かれて、さらにお姫様と結婚話もあったとか、もう爆《は》ぜろ……って、うわああ、すんません！　調子乗りすぎました！　すんません！」

ジオは、同情や哀れみなどは嫌いな方である。

正直、自分の身に起こったことを、同情されたかったわけではなかった。

ただ、話しただけ。しかし、それがここまで言われるとは思わず、唖然としてしまった。

「ぐわはははははは、ま～、そういうことじゃ、小僧。確かに泣きたくなるような話かもしれんが、ウヌが広い心を持って歩み寄ってやれば、まだやり直せると思うがな。正直……人によって大きい小さいはあるかもしれんが……拗ねた恨みごとや、その身に起こった悲劇など、いつの時代でもどこにでもありふれておるわい」

自分を見下すかのように笑うガイゼンに、ジオは殴りかかろうともした。

だが、どういうわけか否定できない気持ちもあった。

目の前で笑う豪快な男に対して、なぜか自分の器の小ささを指摘されている気がして、何も言い返すことができなかった。

「というわけじゃ。さっさと帰って、姫さんとイチャコラすればよかろう。きっと今なら多少の贅沢や我儘《わがまま》も言えるじゃろうし、その方が幸せになれる」

「だ、誰が！　……けっ、今さら戻れるかよ……それに、もうあいつらのことは、どーでもいいと思うことにしたんでな。たとえ、どんな事情があっても……許せねーよ……俺は」

しかし、それでもジオにも意地がある。ガイゼンがどう言おうが、やはり自分は許せる気がしない。

だからこそ、あらためて自分の想いを口にした。

すると、ガイゼンはそれには納得したように頷いたが……。

「そうか。まぁ、そこらへんは本人次第じゃからのう。じゃが、仲間から忘れられたことによってウヌに起きた悲劇……それとは別の、ウヌのもう一つの悲劇……そっちはどうじゃ？」

「はっ？　俺のもう一つの悲劇……だと？」

もう一つ悲劇があったのか？　そう首を傾げたジオに対して、ガイゼンは言う。

「血肉湧き立つ戦に参戦できなかったことについて……戦うべき時に戦うことができなかったという悲劇……」

「あっ……」

「それを解消したいのであれば、こういうのはどうじゃ？」

突如立ち上がったガイゼン。まっすぐな目でジオに手を差し出す。

「暴れたいと言うのなら……どうじゃ？　地上でも海でも魔界でも、誰が相手でも構わん。何を目指すのも構わん。ただ、ワシと一緒に世界を舞台に、自由に生き、自由に暴れて、自由に遊んでみぬか？」

それは、なんの具体的な説明もない勧誘のような言葉。

しかしどういうわけか、ガイゼンの何かを惹きつけるような豪快な誘いを聞いた瞬間、ジオの胸は一瞬大きく高鳴った。

「……バカな……」

ガイゼンの唐突な誘いに対し、一瞬心が震えたジオだったが、すぐに頭を振る。

「何言ってんだよ、テメエは。暴れたければ一緒に？　なんだよ、お前……ひょっとして、戦争でもしようとしてんのか？」

今の世界に憂い、鬱憤を晴らしたいという気持ちは分からなくもない。

だからこそ、今の世界を壊して、鬱憤を晴らそうという誘いなのかと思ったが、ガイゼンは呆れたように笑った。

「分かっとらんの～……戦なんて、人間も魔族も気づいた時には勝手にやっているものだ。わざわざ自分で起こすまでもあるまいし、理由のない戦などやっても空しいだけ。そんなものより、自分の欲求に従って、好き勝手に生きて暴れる方がよっぽどよかろう」

ガイゼンは戦争を起こす気はないようだ。だが、なら何がしたいのかが、ジオにはよく分からなかった。

「何、別になんでもいいんじゃ。冒険をしたい、ムカつく組織や賞金首を討ち取りたい、これまで誰も達成できなかったクエストへの挑戦、伝説の秘宝や真偽の探求。この広い世界、探せば面白そうなことぐらい星の数ほどあるであろう？」

「な……おいおい、マジかよ。ジジイ……数百年も封印されていたくせに、目覚めていきなりそんなことほざくのか？　どんなロマンティストだよ」

「ぐわははははは、ロマンに世代も種族も関係あるかい！　それに幸か不幸か、ワシらは居場所のない身。それはすなわち、しがらみもなく、誰にも文句を言われる筋合いのない自由奔放な身。なら、世界を自由に生きて何が悪いッ！」

この時、ジオは目の前で瞳をキラキラさせて自由を語るガイゼンに圧倒されそうになった。

まるで、夢を抱いた子供がそのまま屈強な老人になったような感じだ。

そんな子供みたいな話に、どこか心が揺れ動いている自分も居ることを、ジオは否定できなかった。

「おいおい、なんだよこのジジイ……バカだが……ギラついてんじゃねぇか……」

「ぬわははは、そうか？」

ガイゼンの持つ、強烈なインパクト。

かつて自分もそうだったかと思えるぐらいに、ギラギラしていて、それでいて燃えるような生命力。

やさぐれていた今の自分には逞しく見え、それでいて自分の小ささを感じさせる。

「………」

それは、死にたくても死にきれずにここまで来た、マシンにとっても同じだったのだろう。

何か思いつめたかのように、しかし何かを感じ取っているように、マシンはガイゼンの言葉を聞いていた。

「けっ、つまり俺に、冒険者チームの仲間になれってか？　将軍にまで上り詰めたこの俺に、その日暮らしの流浪人みてーな輩《やから》になれとは、甘く見られたもんだぜ。テメエが俺の部下にでもなるんだったら、考えてやってもいいがな」

ジオはどうしても素直になれず、鼻で笑いながら憎まれ口を叩いた。

相手は、神話に名を残すほどの怪物。

部下になるなんて条件を了承するはずがないと、分かりきっていたジオだったが……。

「ん？　つまり、チームを組む場合は、ウヌがリーダーをすると？　別にそれは構わんぞ？」

「って、うおおおおいいっ？」

部下というのとは少し違うかもしれないが、ジオを頭に据えることを、ガイゼンはなんの迷いもなくアッサリと了承したのだった。

「……あの、闘神ガイゼンが……」

「いや、あの、僕……今、スゲーやり取りを目の当たりにしてるんだけど、本当にここに居ていいのか、教えてほしいんで。てか、ほんと怖いから帰らせてほしいんで」

流石に、ガイゼンのノリには、マシンもチューニも驚きを隠せずに狼狽えた。

「お前、大魔王に下剋上を図ると恐れられたとかいうぐらいだから、地位に固執してたんじゃ……」

「ぬわ～に、別にそんなこだわることでもあるまい。地位や名誉なんぞ、現役時代に十分に得たし、今さら欲しいとも思わん。それに昔も、ワシはそんなものに興味もなかったが、スタートのクソガキが勝手にビビっただけじゃわい。まっ、今はただ……自由にハシャぎたい。それだけじゃ」

「い、いやいやいやいや！　だからって、伝説の男が簡単に人の下につくとか言うなよな？

つか、なんで俺なんだよ！　別に自由にしたけりゃ、それこそ1人で自由に勝手気ままに生きりゃいいだろうが！」

「ふむ、なんでか……その理由は二つしかないな。単純に、ウヌが面白そうなのと……」

神話に登場するほどの伝説の怪物。

その男が、誰かの下についてでも、誰かと共に生きたいと思う理由。

その理由を、ガイゼンはなんの恥ずかしげもなく堂々と大声でぶちまけた。


「1人じゃ寂しくて、つまら―――――――――ん！」


理由を聞いて、ジオたちは、額をテーブルに打ちつけてしまった。

「おま、それが理由か？　そんなのが理由か？　伝説の男が1人は寂しいとか、つまんないとか言ってんじゃねーよ！」

ガイゼンのあまりにも単純すぎる理由に、ジオは呆れてもの申さずにはいられなかった。

だが、ジオが怒鳴った瞬間、ガイゼンは少し真面目な顔をして……。

「そうかのう？　1人は寂しくてつまらない……意外とバカにできないものだと、ウヌにはよく分かるのではないか？」

「ッ……」

「孤独との戦いは……意外にも、魔王と戦うよりつらいもんじゃと……そう、思わんか？」

ガイゼンの言葉に、ジオも思わずハッとなった。

そう、孤独のつらさは、確かにジオも苦しいほど分かっていた。

「まぁ、本来ならめんこいオナゴと一緒に旅するのもいいのじゃろうが、こうして自由に生きられるのなら、1人のオナゴに固執するのではなく、その土地土地のオナゴと一期一会の一夜を過ごしてみるのも楽しそうじゃしな。それに、男同士の方が旅の途中でも遠慮しなくてよいじゃろう！」

「……ったく……なんつージジイだ……なんか……色々考えるのがバカらしくなる……」

そして同時に、認めたくなかったが、気づいてしまった。

目の前の男は、とても大きな器の持ち主で、それでいて自分の痛みを分かってくれているということを。

「……ちっ……まっ……暇だし……試すくらいなら……」

少しだけ、ジオも気持ちが軽くなった気がした。

気づけば、ガイゼンの勧誘に乗ってしまっていた。

そして……。

「おい、で……マシンっつったな？　テメエはどうする？」

「なに？」

「お前も俺たちと来るかって話だよ」

「な……自分も……かっ？」

「まっ、話の流れでな……」

　自分は乗るが、お前はどうする？　ガイゼンの言葉に何かを感じ、黙って聞いていたであろうマシンに、ジオは尋ねた。

「……どうして……」

「別に理由なんてねーよ。ただ、このままジジイと二人旅ってのも嫌だしよ」

「おお、よいではないか！　どーせ、もう勇者のチームに戻れんのだったら、魔族と行動しても問題なかろう」

　マシンを誘うことにガイゼンも異論はないようで、嬉しそうにマシンと肩を組んだ。

「悪い話じゃないぞ？　ウヌがワシらのチームに入れば、ウヌはこのワシと同じ……チームのナンバー2じゃ！　今なら副リーダーのポジションじゃ！」

「……あなたが一番強いのにか？」

「ぐわははははは、確かにそうじゃな、ぐわははははは！」

ガイゼンの豪快さに、マシンもどこか気が楽になったのか、少しだけ表情が和らいだ。

しかし、すぐに顔を顰《しか》めて……。

「ジオ……ガイゼン……自分はかつて仲間に危険視されて……切り捨てられた」

「ん？　ああ、らしーな」

「自分は……もう二度とかつての仲間に顔も合わせられないが、それは仕方のないこと。ただ怖いのは……また誰かと繋《つな》がり……そして、切り捨てられはしないかということだ……」

マシンは自身が抱いている恐怖を語った。また、裏切られる悲しみを繰り返してしまわないかという恐怖だ。

だが、そんな想いに対し、ジオは鼻で笑った。

「けっ、俺らは仲よしの友達ってわけじゃねーんだから、別にいーんじゃねぇのか？　簡単に切り捨てられて、いざという時に迷わずぶっ殺せるような関係でもよ」

「……なに？」

「チームを組んで、一緒に何かをする。それだけだ。別に、俺たちは互いの命を助け合うわけでも、共に何かの正義や信念を掲げて共有し合う同志でもねぇ。いざという時は、アッサリ縁切りできるぐらい薄っぺらでも、いいじゃねーかよ」

「……そう……なの……か？」

「ああ、それに……」

それに……。そう呟いて、ジオも少し恥ずかしそうにそっぽを向きながら……。

「俺もう、仲間だ友だ、絆だ友情だってのには……こりごりなんだよ。裏切られるのもな。だから……それなら最初から仲間じゃねー方がいい。仲間にならない仲間になろ……ん？　あれ？　えっと……よく分かんねーけど、そういう関係だ！」

ジオもまた、仲間を新しく作るのも、また裏切られるのも怖かった。だからこそ、割り切った関係でいたい。そう答えた。

すると、ジオの要領を得ない不器用な説明に、マシンは……。

「……あは……な……なんだそれは？　はははは……」

無表情だったマシンが、初めて笑った。

マシン自身も気づいていないのか、いつぶりなのかも分からないが、マシンは初めて純粋に笑っていた。

「ぐわははははは、バカじゃバカじゃ！　ま、そうじゃな！　ワシらは仲間というよりは……一緒に何かを企《たくら》む、悪友ぐらいがちょうどよいかの？」

「テメエにバカと言われたくねーんだよ！」

「よいではないか！　のう、マシンよ。死にたがりでも、今は生きておるんじゃ。どうせなら、もうちょいハジけるぐらい生ききって、生きている証《あかし》でも立ててから死ねい」

ガイゼンも機嫌よく笑い、ジオとマシンの肩をバンバン叩き……。

「……ああ……なかなか死ねぬのだから……そうしてみるのも悪くないかもしれない……」

マシンもスッキリしたような顔をして、頷いた。

「よし、チューニよ。ワシらで冒険者登録をしたいんじゃが、手続きを教えてくれ」

「えっ、あ、ああ……えっと、それは、どこの町でも……『身体魔能力測定』で一定の数値以上だったらとりあえずは……」

「測定？　なんじゃ、そんなもんがあるのか？」

「そりゃー、戦後の就職難で元軍人や傭兵崩れ、無職の魔族とかが溢れているから、最低限の基準を設けないと、冒険者飽和が起こるからということで……」

やるべきことが決まれば、次は手続き。

この中で一番、現在の情勢や常識に詳しいチューニから説明される。

「とは言っても、ワシらは大丈夫じゃろうが……チューニ、ウヌは……」

「……はっ？　……なんで僕？」

「はっ？　…………だって、ワシら3人がそういった基準をクリアできぬはずがなかろう。しかし、ウヌはヒョロそうじゃから、クリアできるか心配だが……うむ、ウヌも大丈夫じゃろう」

「……いや、だから……なんで、僕？」

「なんでって、これからワシら４人で遊ぶんじゃろ？」

「………………？」

チューニも無理やりメンバーに入れられたのだった。

チューニは断りたかったようだ。

しかし、逃げられなかった。

◆◇◆◇◆

どれだけ小さな町や村にも、換金所と併設された『ギルド』と呼ばれる、冒険者登録及びクエスト案内所が存在する。

他の冒険者との交流を兼ねて、チーム編成や勧誘、及び情報交換ができるよう、酒場として運営されているところも多い。

この小さな港町には、飲食ができる酒場が二つあり、そのうちの一つが、ジオたちが「座談会」をした酒場で、もう一つがそのギルドである。

そこに居た人々の視線は、先ほどの酒場で、ジオたちを怪訝な顔で見ていた住民たちの視線と少し違っていた。ギルドに足を踏み入れた瞬間、それまでただの酔っ払いだった者や、宴会で盛り上がっていた客たちが、一斉に振り返ってジオたちを品定めするように様子を窺《うかが》い、一瞬、空気が張り詰めた。

　年老いた男から、若い女までそれぞれ居たが、誰もが堅気《かたぎ》の一般人とは少し違う、常人以上の雰囲気を漂わせていた。

「うわ、ちゅ、注目されてる……ほんと勘弁してほしいんで！　僕、こういうのダメなんで抜けさせてください！」

　注目されている空気に耐えきれず、チューニが踵を返して逃げようとするが、その首根っこをジオが掴んだ。

「逃げんな。どーせ、どいつもこいつも雑魚《ざこ》ばかりだ」

「問題ない」

「そういうことじゃ！　悪いことをしてるわけでもないんじゃ。堂々とせい！」

　チューニに対してジオたちは、自分たちに向けられる視線や空気については特になんとも思っていない。

　確かにこの場に居る冒険者と思われる者たちは、常人よりは優れた力を持っているかもしれない。

しかし、仮にこの場に居る全員がジオたちに襲いかかったとしても、誰一人として傷一つ負わせることができないと察していた。

そう、戦わずして相手の力量を読み取る力は、ジオ、マシン、ガイゼンには当たり前のように備わっていた。

「……換金か？　……って、そっちの兄ちゃんは、さっきの半魔族かい？」

ギルドの奥から責任者の男がタイミングよく顔を出すと、ジオの顔を見て鼻で笑った。

先ほど、ジオが仕留めた黒竜に対して、低い報償金しか出さなかった男だった。

「おいおい、睨むなよ。言っただろ？　正式な冒険者でもなく、クエスト申請もしていない。ましてや魔族なら、賞金が減るのは当たり前。あれは適正価格だったんだからよ」

ジオを挑発するかのようにニヤニヤと笑う男。

挑発を受けてジオが暴れないかとチューニはハラハラしているが、ジオはマシンと殴り合いをして少し気が晴れていたために、キレることもなく流した。

「ああ。だから、ちゃんと冒険者登録をしに来たのさ。ついでに、チーム申請もな」

「……なにいっ？　魔族が……ふ〜ん」

ジオの言葉に、ギルド内がざわつき始めた。

責任者の男も怪訝な顔で、ジオ、ガイゼン、マシン、チューニを見る。

「そうかい。でも、今の法律じゃ、昔みたいに誰もが登録できるわけじゃねえ。ちゃんと、基準はクリアしてもらわないとな」

「ああ。なんとか測定だろ？　構わねえ、さっさとさせろ」

「ほ～、大した自信だな……まぁいい、待ってな」

そう言って責任者の男が、ギルドの奥から車輪の付いた大きな鏡を持ってきた。

すると、ギルド内に居た他の冒険者たちが席を立ち、ジオたちを取り囲むように集まってきた。

「……おい、チューニ。なんだ、これは？」

「ああ。これが身体魔能力測定を行う魔鏡だよ。これに等身大の自分を映し出すと、パワー、スピード、魔力、潜在能力が数値化されて鏡に映し出されるんだ」

「ほ～……」

「1年半ぐらい前から浸透しているアイテムなんで」

最近はそんな便利なものがあるのかと、ジオもマシンもガイゼンも、感心したような声を出した。

急に集まりだした冒険者たちも、新しく冒険者登録をしようとするジオたちの数値に興味を持って覗《のぞ》きに来たのである。

「はぁ……僕、これ嫌いなんだよな……」

と、その時、チューニが浮かない顔でボソリと呟いた。

「あん？　どうしてだよ？」

「いや……去年から、これは魔法学校の進級審査でも必要なものになって……僕、これで鏡が無反応だったんで」

「無反応？　そんなこともあるのか？　しかも……お前、魔法学校の生徒だったのか？」

「は、はい。ミルフィッシュ王国の……でも、進級できず……そのことや、そのほかもろもろ、色々と揉めて問題になって……退学になったんで。教師いわく、『魔鏡でも数値化できないぐらい魔力が低いから』だそうだけど……」

「マジか……」

「まぁ、でも……これでダメだったら、僕もチームを抜けられるだろうからいいんだけど……」

ジオはチューニの意外な過去に驚き、そして哀れんだ。

帝国の将軍、七天創設者、勇者の元仲間。そんなジオたちからすれば、魔法学校中退など、軍にも入隊できないレベルの落ちこぼれ。

チューニに関しては、現代の情勢などを教えてもらうのと、単なるついでで仲間にしたところもあったし、外見もヒヨロそうで強さにはなんの期待もしていなかったが、そこまでとは思っていなかった。

でも、だからこそ、チューニの方は、この測定に嫌な思い出があって浮かない顔をしたものの、これで自分が基準に達していないことが分かれば、ジオたちから離れられると、少しだけホッと胸をなで下ろしているようだった。

「へへ、そーか、そっちのヒョロイ兄さんは魔法学校でそんなことがあったのかい。だが、安心しな。これは戦争時に元魔王軍の魔法技術を参考にした、最新の魔鏡さ。どんなレベルの低い数値も数値化しちまうんだ。数値の上限も999まであり、化け物から雑魚まで測定しちまう代物さ」

そう言って、責任者の男は一枚の紙を取り出した。

「初めての奴も居るみたいだから、ざっくりと説明する。まずだ、これで『パワー』、『スピード』、『魔力』、『潜在能力』の四つが数値化される。そしてその四つの数値から導き出される平均の数値を『レベル』と呼び、その『レベル』が30を超えていたら、冒険者として登録できるのさ」

「うわ……魔法学校での進級ラインはレベルじゃなくて、『魔力20以上』だったのに……やっぱ大人のプロは違うか……」

レベル30。それが冒険者として登録できる最低ライン。そして、その基準の高さにチューニは顔を引きつらせた。

そう、どれだけの技や才能があろうとも、最初からある程度の基準に達していないと冒険者になれないということだ。

「へ、ものは試しだ。おい、シルバーシルバー。あんた、ちょっとやってみせてくれよ」

試しとして、責任者が1人の冒険者を名指しで呼んだ。

その者は全身の頭からつま先まで全てを、銀の甲冑《かっちゅう》で覆った剣士であった。

「私にやれと？　まぁ、構わぬが」

「ああ。驚かせてやんな」

「……ふん……趣味が悪い」

甲冑の兜の奥から威厳と自信に満ちた声が聞こえる。

同時に他の冒険者たちも、ジオたちの反応を窺うようにニヤニヤとしている。

「こいつは、シルバーシルバーという異名を持つ、元連合軍に所属していた凄腕のエリート軍人だ。本名は、『カマセ』！　戦争が終わり、冒険者に転職して、早速大物の賞金首を仕留めたスーパールーキーさ」

「……ふーん」

「最近、治安も悪くて物騒だからな、大枚はたいてこの町で雇ったのさ。そして、ゆくゆくは俺の娘と……くくく、おっと、これはまだ気が早かったな」

責任者の男がニタニタと笑いながら、シルバーシルバーを魔鏡の前へ誘う。

そして、シルバーシルバーの全身を映し出した瞬間、魔鏡が発光し、輝く文字が鏡に刻みこまれていく。

シルバーシルバー・カマセ
・パワー：110
・スピード：50
・魔力：40
・潜在能力：40
・レベル：60

レベル60と出た瞬間、ギルドの中にどよめきが走った。

「ろ、ろくじゅうっ？　おいおい、シルバーシルバーの奴、またレベル上げやがったぞ？」

「ったく、こんな田舎に小遣い稼ぎに来んなっての」

「けっ、若造のくせによ」

「ちょ〜、よくない？　あいつと寝て、チームに引き込んじゃおっかな〜？」

「クールでいいよね？」

それほど高い数値だったのだろう。チューニも驚きのあまり卒倒しそうになっていた。

「へへへ、どうよ兄ちゃんたち。レベルが50を超えていたら、最難関で最高褒賞が貰えるようなA級冒険者の数値とみなされる。ちなみに、潜在能力ってのは、日によっての伸びしろ。つまり、最高にコンディションがよければ、パワー、スピード、魔力の数値がプラス40伸びる感じだ。分かるか？　状況によっては普段以上の力を出しちまう。それが、驚異のスーパールーキーの『シルバーシルバー・カマセ』だぜ！」

まるで自分のことのように、シルバーシルバーを誇らしげに自慢する責任者の男。

しかし、ジオもマシンもガイゼンも、あまりピンと来なかったようで、特に反応しなかった。

むしろ……。

「……なんで、シルバーを2回言うんだ？」

「さあ？」

どうでもいいことを気にしていた。

「ん〜……とりあえず、マシン……お前やってみろよ。それで、大体が分かる」

「承知した」

どれほどのものかよく分からない冒険者のレベルでは参考にならないと、ジオがマシンに勧める。

マシンも深く考える様子もなく頷き、鏡の前に立つ。

「お？　やんのかい、兄ちゃん。まっ、自分の数値が低くてもあんまり落ち込むなよな？」

そう言って、責任者がマシンの背中をぽんぽんと叩き、マシンの数値が魔鏡に刻まれる。

すると……。

鋼の超人・マシン
・パワー：３００
・スピード：９９９（最上限）
・魔力：０
・潜在能力：０
・レベル：３２４

「「「ぶぴょおおおおおおっ？」」」

ギルド全体が激しく揺れ、マシンとジオとガイゼン以外の全員が腰を抜かしてひっくり返ってしまった。

「さささささ、さあああああっ？」

「さ、さんびゃっくぅ？」

「ちょ、こ、こわれてんじゃねーのか、コレ？」

「は、初めて見たぞ……」

「やば、ヤバいヤバいヤバいッ？」

顎《あご》が外れたかのように大きな口を開けて驚く冒険者たち。

その中には、チューニも居た。

だが、マシンは冷静に……。

「ふむ。上限があるのか……ならば、あまり参考にならないようだな」

と、特に驚いた様子もなく、それはジオたちも同じだった。

「確かにな。つか、テメエ、スピードに特化しすぎだろうが。それに、体が半分機械だからか？　魔力も0。潜在能力も0。だが、機械ゆえにテンションに左右されずに安定してるとも言えるが……」

そう言って、ジオが前へ出る。マシンも頷いて場所を開け、次はジオが魔鏡の前に立つ。

すると……。

いつも以上の力がよく出たもんだがな。

暴威の破壊神・ジオ
・パワー：２００
・スピード：２００
・魔力：５００
・潜在能力：９９９（最上限）
・レベル：４７５

「……まっ、こんなもんか」

「お前は……潜在能力が高いのだな」

「みてーだな。確かに、昔からキレて大暴れすると、いつも以上の力がよく出たもんだがな。とはいえ、上限があると参考になんねーな」

「……だろうな」

「平均レベルじゃお前に勝ってても、互いの上限が本当はどこまであんのか分かんねーから、本当に勝ってるか分からねーな。まっ、戦えば俺が勝つだろうがな」

「……別に、そこを張り合おうとは思わないが」

「張り合えよ！　つまんねーヤローだな！」

最新鋭の測定アイテムはなんの参考にもならないと話し合う、ジオとマシン。

しかしこの時、既にギルドに居た者たちは皆、絶句して何も反応できなかった。

さらに……。

「ぐわはははははは！　では、次はワシじゃ。ど～れ……」

ガイゼンが魔境の前に立って、自身のレベルを確認する。

闘神・ガイゼン
・パワー：999（最上限）
・スピード：800
・魔力：3
・潜在能力：500
・レベル：575

「ぐわははは、ワシは魔力がなくて、腕っ節自慢だからのう。潜在能力も、まぁ、今さら上積みはあまりされないということか」

「いや……今の時点でさらに500も増えたら、そりゃヤバいだろ。この化け物ジジイ……」

「参考にならない数字でもやはり、怪物だな」

ガイゼンの数値には、マシンもジオも唖然とする。とはいえ、上限ありの数値化ならば、こんなものだろうと、3人とも納得したような様子だ。

もっとも、ギルドに居る彼ら以外の者たちは、シルバーシルバーも含めてガクガクブルブル震えている。

ガイゼンは豪快に笑いながら、皆と同じように腰を抜かしているチューニを抱え上げた。

「ほれ、チューニ。ウヌもせんか」

「えっ？　いや、無理無理無理無理無理？　一緒にしないでください！　いや、ほんとマジで、僕はあんたたちなんかと関われるような奴じゃないんで！」

「試すぐらいよいじゃろう」

「無理ですって！　去年やったら、あまりにもレベルが低すぎて数値化できなかったぐらいなんで！」

ジオたちのような規格外の数値のあとにやりたくない、というよりも、同じ一味だとすらも思われたくないと、必死に抵抗するチューニ。

そもそもチューニは、レベルが低かったからこそ魔法学校を中退したのである。

だから、今さらやる意味などない。そう叫ぶ。

だが、ガイゼンはニタリと笑う。

「いやいやいやいや、案外そうでもないかもしれんぞ？」

「はいいっ？」

「ワシは魔力はからきしだが、その分、鼻が誰よりも利く。ウヌも数値化できなかったのは、案外レベルが低すぎたのではなく、むしろ……」

「ちょ、むしろなんですか？　いや、ほんとやめてほしいんで！」

「まっ、とにかく、最新というこの測定アイテムで試せばよかろう。要するにワシは、面白くなさそうな奴まで仲間にしようとするほど、誰でもいいというわけではない」

そう思わせぶりなことを口にして、ガイゼンがチューニを鏡の前に放った。

落ちこぼれ魔導士見習い・チューニ
・パワー：？
・スピード：？
・魔力：？
・潜在能力：？

・レベル：？

魔鏡は無反応で、なんの数値も出なかったのである。

「うわ～……無反応。本当だったのか」

「言葉もないな……」

流石にこれは、ジオもマシンも哀れに感じて、かける言葉も見つからなかった。

「ほらーっ、だから嫌だったんで！　いや、ほんとこれトラウマなんで！　というわけで、さようなら！」

案の定、数値化できないほど低いゆえに魔鏡が反応しなかっただろうと、チューニは怒り気味になり、そのまま別れを告げてギルドから出ていこうとする。

「まあ、待つのじゃ」

「うげ？」

チューニの首根っこを、ガイゼンが捕まえた。

「ちょ、なんなんすか？　あの、いや、もう無理でしょ？　というか、レベル何百もある人たちとか無理ですから！　つか、もう僕に関わらないでほしいんで！」

逃げようとジタバタするチューニだが、ガイゼンはニタニタ笑みを浮かべながら、チューニ

を離さない。

そして、ガイゼンはジオとマシンに顔を向ける。

「のう、ジオ……マシンよ。おかしいと思わぬか？」

「はっ？」

「数値化できないぐらい低いから、魔鏡が無反応ということがじゃ」

「……？」

何がおかしいのかと、ジオたちも分からなかった。だが……。

「だって、ワシの魔力を『3』とちゃんと数値化しておるし……何よりも、マシンの魔力も潜在能力も『0』なのを、ちゃんと『0』と数値化しているではないか」

「……あっ……」

「つまりじゃ。低すぎて数値化できないというのは、おかしいことではないか？」

ガイゼンの言葉に、ジオもマシンも、そしてチューニもハッとなった。

そう、『数値化できないほど低いから魔鏡が無反応』というのはおかしい。

仮に、『0』だったとしたら、その時は魔鏡に『0』と映し出されるはずなのである。

つまり、魔鏡が『無反応』ということ自体が本来はあり得ないのである。

「確かにそうだな。じゃあ……どうして、チューニに魔鏡が反応しないんだ？　ひょっとして壊れてんのか?」

　では、理由はなぜなのかと、ジオも興味が湧いた。

「ふむ、チューニよ。ウヌは、魔法をいくつぐらい使える?」

「えっ?　いや……一つも……魔法学校では座学をやって、魔法の実技は進級後の予定で……それに僕は平民だったから貴族の奴らと違って、個人的に魔法を覚えられる環境にもなくて……」

「つまり、これまで魔法を使ったことはない。そして……魔法と戦った経験……魔法を食らった経験はあるか?」

「いや、あるわけないんで……」

「そうか……なるほどのう。じゃから……気づかぬわけか……」

　ガイゼンのチューニに対する質問になんの意味があるのか、ジオたちには分からなかったが、今のやり取りでガイゼンは何か分かったようだ。

　それどころか、むしろ楽しそうに、余計にニヤニヤしている。

「ワシの時代にこういう魔鏡はなかったから、こいつについてあまり知らぬが、それでもこいつが『マジックアイテム』ということは分かる」

　マジックアイテム。魔力を動力にした道具のことである。

「そして、これが壊れていないのなら……なぜ、チューニには無反応なのか。理由は一つ。『無反応』なのではない。『無効化』され、本来出るべき数値が出なかったということじゃ」

ガイゼンの辿り着いた答え。それは『無反応』ではなく『無効化』という結論。

それがどれほど重大な事実なのか、この場に居た者たちにはまだピンと来ていないため、誰もがポカンとしていた。

そして、そんな皆の前で、チューニ本人も知らなかった、チューニの能力のうちの「一つ」が明らかになる。

マジックアイテムを、『無反応』ではなく『無効化』してしまう力。

それが、チューニの能力。すなわち……。

「先天的な体質……いや、能力として『魔法無効化』……を持っているようじゃな」

「「「ッ？」」」

ガイゼンの発言に、ジオたちも驚愕を隠せなかった。

「ば、ま、魔法無効化能力者だと？」

「おそらくじゃがな」

「お、おいおいおい、マジかよ！　確か、魔法無効化能力者なんて、噂だけの……」

「確かに、ワシの居た時代においても、数十年に１人いるかいないかの突然変異と言い伝えられていた。ゆえに、誰も見抜けなかったのかもしれんのぉ」

「……ちょ……マジか……そんな伝説級の超レア能力を……こいつが……？」

「ワシもかつて、１人だけ同じ能力を持った輩と出会ったことがある。間違いないじゃろう」

ガイゼンの口から語られた、『魔法無効化』という能力。

しかし、チューニ本人はまだポカンとしたままだった。

「ぼ、僕が、魔法無効化？」

「おお、そうじゃ。ゆえに、ウヌを解析しようとした魔鏡も効果がキャンセルされて、ウヌの数値を出せなかったのじゃろう。ウヌは、とにかく今は、自分に関わる魔力は無条件に全て打ち消してしまう……そんなところじゃろうな」

「そ、そんな……ぼ、僕なんかが……そんなチートを……」

チューニ自身も、自分にそれほど恵まれた能力が備わっていたなど、全く予想もしていなかったのだろう。

未だに信じられずに動揺している。

「しかし、ジジイ。そうなるとだ。この野郎は、あらゆる魔力を無効化するっていうなら……こいつは、補助やら回復やら、そういった魔法も無効化しちまうのか？」

「今の状態だとそうじゃのう。しかし、それも自分の意思次第で本来は使い分けることができるはず。『自身に有利な魔法や解析のための魔法などは受け入れる』などな。ワシの知っているそやつもそうであった」

「おいおい、そんな都合のいいもんなのか？」

「まっ、試してみればよかろう。こやつは今まで自分の能力を認識していなかったが、認識した今なら少しは変わるじゃろう」

試す。そう言って、ガイゼンはチューニを手招きする。

「おい、もう一度ウヌは魔鏡の前に立て。そして今度は……『この魔法は受け入れる』……と頭の中でイメージしてみせよ」

「い、イメージすか？」

「うむ、分かりやすく言えば……『ベッドの上でブスなオナゴは抱かぬが、超絶美人なオナゴは抱きたい』……みたいな感じじゃ」

「ぶぼっ？　ちょちょ、そんなんでいいんだ？」

「多分な。まぁ、ワシはブスでもオナゴはオナゴ。皆抱くがな。ぐわははは！」

冗談なのか、本気なのか、相変わらずよく分からないガイゼンの豪快な笑いの中、緊張しながらも覚悟を決めたチューニが、あらためて魔鏡の前に立って、言われた通りにイメージする。

すると、魔鏡が発光し、そして次の瞬間には……。

落ちこぼれ魔導士見習い・チューニ
・パワー：15
・スピード：20
・魔力：999（最上限）
・潜在能力：10
・レベル：261

「うえええええええええええ、ぼぼぼぼぼぼ、僕がぁぁぁぁぁあ？」

「「「いやいやいやいやいやいやいや？」」」

その瞬間、腰を抜かしながら、チューニ本人とギルド内から驚きの声が上がる。

「ほう……やるじゃねーか……つか、俺より魔力が多かったんだな」

「驚いた。大魔導士の器の持ち主であったか……」

これにはジオとマシンも驚き、感心する声を上げた。

「ぐわはははは、やはりのう！」

「う、うそ……そ、そんな……ぼ、僕が……」

「と、いうことじゃ、チューニよ。ウヌは何も悪くない。ウヌを見抜けなかった魔法学校の教師陣が無能だっただけじゃ。まぁ……見抜けぬのも無理はないぐらい珍しい能力じゃからのう」

そう、この結果は、魔法学校を魔力が足りずに進級できなかったというチューニには、あまりにも皮肉な事実である。

もし、これが明らかになっていれば、チューニは留年や退学どころか、即、軍に登用されて、英雄になっていてもおかしくなかったかもしれない。

「なんかショックなんで……平民、能なし、魔法使い失格……そう周りから言い続けられた僕の人生なんなのって感じなんで……」

チューニは愕然として肩を落として俯きながら、呟いた。

「ん？　なんじゃぁ？　魔法学校を進級できずに退学しただけではなく、他にも何かあったかぁ？」

「……」

「ふん、イジメでもあったか？」

「ッ？」

イジメ。その言葉にチューニが大きく肩を震わせるが、すぐに首を横に振った。

「いいや、イジメなんてなかったんで。なぜなら、イジメている方がイジメと認識せず、仮にそれがあったとしても、止める側の教師もそれを認識していなかったんで。『我が校にイジメはございません』というのが教師たちの結論。ゆえに、僕がどれだけ叫ぼうにも、多数決の結果、あの学校ではイジメはなかったという結論に至ったんで」

「いや、だからなかったんで」

「「「イジメられていたのか」」」

また少し明るみに出たチューニの過去。学校を退学しただけでなく、学校生活そのものも色々と問題があったことを、ジオたちは察した。

「ぬわははははは、まぁ、そのおかげで、ウヌの価値を理解できぬ無能者たちに飼いならされたりしなかったのは幸運だったではないか！」

「……」

「いや、しかしそれほどの能力を持っていると分かれば、言い寄るオナゴもたくさんおったじゃろうから……せっかく抱きたい放題だったのに残念だったのう！　ぬわははは、やっぱ不幸か！　ぬわははははは！」

他人の不幸を面白おかしく笑うガイゼン。正直、チューニからすれば、あまりからかわれたくない過去なのかもしれない。

だが、そのことを今さら言っても仕方ないと思ったのか、ガイゼン相手にムキになるのもアホらしいと思ったのか、チューニはため息を吐いて……。

「はぁ……もういいんで。確かに……もう未練もないんで」

大切なのはこれから。そんな想いを抱いてか、暗くよどんでいたはずのチューニの瞳が、少しだけ前向きになった。

「まっ、それはさておきじゃ。よし、とりあえず便利そうな魔法が載っている魔導書を片っ端から掻き集めて、こやつに習得させるぞい。こやつなら、基本が多少できなくても、無理やりどんな魔法でも発動できるじゃろう」

「確かに、攻撃力なら自分たちで補うことができるが、補助や回復、さらには解析や探索の魔法などがあれば、自分たちの旅に大いに便利であろう」

「あらゆる魔法を無効化し、自分の方はあらゆる魔法を扱うことができるようになりゃ、こんな反則はねーな」

そしてチューニがもの思いにふける中、彼の意思など関係なく、ジオたちはチューニをどうしていくかを勝手に話し合い始めた。

ジオたちからすれば、思わぬ拾い物をしたという感覚だ。

そして……。

「そうじゃ、こやつの異名も、ついでだから何か考えるぞい」

「異名？　ああ、俺らのようなやつか？」

「ウム。その方がカッコイイじゃろう。そうじゃの～……」

ガイゼンはついでだからと、チューニの異名まで考え始めた。

そして、数秒唸ったあと……。

「あらゆる魔法を無効化し、自身は極限の魔力を所有して……あらゆる魔法を習得する予定……よし、チューニよ！」

何か思い浮かんだのか、ポンと手のひらを叩くガイゼンは……。

「今日からウヌは、『拒絶の無限魔導士・チューニ』と名乗れ！」

「お、……ォォ……」

伝説の魔族による直々の命名。なんとも贅沢であり、チューニ自身も気に入ったのか、目を輝かせ始めた。

こうして、登録された4人は……。

・暴威の破壊神ジオ：レベル475
・鋼の超人マシン：レベル324
・闘神ガイゼン：レベル575

……として、冒険者及びチームとして登録されることになる。

「おい、おっさん。これでいいんだろ？」

「ああ……じゃなくて、はい！　え、ええ……と、とと、登録……さ、させていただきます……」

当初横柄な態度だったギルド責任者の男も、もう完全に萎縮《いしゅく》してしまい、ビクビクしながら敬語まで使ってしまうほど怯えていた。

「で、俺らはこれで最上級のA級になるんだっけ？　さっきの、シルバーなんたらみたいに？　A級が最高なんだろ？」

そんな中、ジオが自分たちの数値から見た、冒険者登録のレベルについて尋ねた。

「あ、えっと……た、確かにレベル50を超えたら最上のA級ですが……その上にさらに、冒険者ギルドとしてではなく、国家などから直接依頼を受けられるS級っていうのがありまして……あと参考までにその上にSS級、SSS級なんてものがあって……あっ、SSS級は大魔王を倒した勇者みたいなのですが……」

一応、最上はA級と言いながらも、その上のクラスはまだあるようだ。

そして、その中でも最上が、マシンがかつて所属した勇者パーティーのレベル。

マシンはあまり顔には出さないものの、少しだけ複雑そうな雰囲気を発していた。

「じゃあ、ワシらはそれより上にせい。ワシらは絶対そやつらより強いぞ?」

「ちょっ? い、いやいやいや、無理ですって! そもそもSSS級以上は存在しないので……それに、SS級以上は実績とかも必要で……」

「じゃあ、特例を作れい。ワシらはSが何個……いや、もうそこまで来ると何が違うのかよく分からんし、安っぽいわい……そうじゃのう……よし! もう、これ以上は存在しない最後の文字……Ω級《オメガ》と登録しておけ」

「そそそ、そんなの無理ですって?」

とにもかくにも、こうしてこの日、辺境の港町で、空前絶後のルーキーチームが誕生した。

◆◇◆◇◆

結局、チューニもレベルの基準をクリアしてしまったため、結果的にパーティー入りを免れることはできなかったのだった。

「だ、旦那たち、これは俺からの奢りです。いや～、好きにやっちゃってください」

先ほどまでデカイ態度だったギルド責任者が、急に揉み手をしながら態度をコロッと変えてきた。

「ねぇ、おにーさんたち、私たちと一緒に飲まない？」

「うわ～、おじいさんも素敵だし、そっちのお兄さんも目が鋭くて濡《ぬ》れちゃう～？」

「おにーさんクール～。それに、いや～ん、この魔法使いのボクかわいい～？」

ジオたちがあまりにも規格外の数値を叩き出したことに、ギルド内に居た冒険者たちも驚き、そして同時に、ジオたちと「関わり」を持っておくことが重要と感じたのか、まずは若い女たちだけで構成された冒険者チームがすり寄ってきた。

「おいおい、そこのアバズレどもより、オイラたちと飲みましょうぜ！　奢りやす！」

「そうだ、俺の妹は村一番の美人って評判で……どうです？　へへ、紹介しましょうかい？」

続くように、他の冒険者たちもご機嫌を取るような態度で話しかけてくる。

「しょぼ～ん……」

「おいこら、シルバーシルバー、そんなとこで座ってると邪魔だから、どっか行ってろ！」

唯一、部屋の隅でへこんでいたのは、格の違う怪物たちの数値にプライドを叩きのめされた、シルバーシルバーぐらいであった。

「けっ……馴れ馴れしいもんだぜ……ウザってえ」

一方で、もてなされているジオは、だんだんイライラしてきたのか、不愉快そうな顔を浮かべた。

「急に手のひらを返しやがって……こういうのが一番ムカつくぜ」

魔鏡に現れた数字でコロッと態度を変える冒険者たちの変わり身の早さは、ジオにとっては不愉快の対象でしかなかった。

それは、大魔王の手によって、これまで紡いできた記憶などあっさり消され、ジオに対して地獄のような苦しみを味わわせた帝国の連中を思い出させるからだ。

「まっ、タダ飯食えると思えばよいじゃろ？　そんなことよりも、まずワシらにはやらねばならぬことがある」

ジオの気持ちを察したガイゼンが「テキトーに流せ」と言いながら、まず自分たちの抱えている問題について口にする。

「いかにもだ。今日より自分たちは４人のチーム。そして、チームを組んだ以上は、果たさねばならぬ最初の課題がある」

ガイゼンの意見に、マシンも同意して頷く。

そう、ジオたち４人のチームが結成されるにあたって、最初の問題。

「「「「で、登録するチーム名はどうする？」」」」

そう、自分たちが結成したチームの名称であった。

今後はその名前で登録されて、自分たちはそのチーム名で呼ばれることになる。

そのためにも、あまりテキトーで済ませられない問題でもあった。

「俺がリーダーなんだろ？　だったら……『ジオ冒険団』でいい……だろ？」

「「ダサい。却下」」

ジオが何気なく提案したチーム名は、一瞬で却下された。

しかし……。

「ぐふふふふ、全くガキはこれだから発想が乏しい！　ワシには色々案がある！」

「ふむ、チーム名か……なら……」

「あ〜、くそ！　いいすか？　どうせもう僕もそのチームに入るなら、僕にも権利あるんでしょうね？」

一つのアイディアが出た瞬間、次から次へと湯水のように、チーム名の候補が各々から挙げられた。

・ジオ冒険団（ジオ案）
・天下無双団（ガイゼン案）

・鋼と愉快な仲間たち（マシン案）
・エターナルダークフレイムファンタジーオブレジェンド（チューニ案）

「俺の名前を入れて何が悪い！　普通、こういうのはリーダーの名前が入るだろ！」

「かーっ、どいつもこいつもなんじゃい！　男たるもの、いかなる名においても最強を語るものでなくてどうする！」

「自分にボキャブラリーのセンスは登録されていない。皆の案を尊重する」

「あの～、どうせならもっとカッコいいのに……」

各々案を出すものの、あまりピンと来ず、次から次へと思いついたものを片っ端から4人は紙に書き記して発表していった。

「そうだな……やはりここは、冒険団がダメなら、ジオ軍団でどうだ？」

「やはりここは大きく！　超銀河無敵軍団でどうじゃ⁉」

「……無敵戦艦……」

「じゃあ……そうだな……僕たち嫌われ者なんで……これから自由に生きる……フリーダムファンタジー」

「ぬぬぬ、ならば……ギャラクティカトルネードビクトリー！」

「最終兵器軍団」

数時間経ってもいっこうに案がまとまらず、それどころか混迷するだけ。

気づけば、ジオたちとお近づきになりたい冒険者たちがどんどん待ち疲れて寝始めている。

しかし、何時間４人で意見を交わしても「これは」というものが挙がらず、話し合いは終わりが見えず、結局徹夜をして、朝日が昇ろうとする時間まで、紛糾した。

ギルドの責任者は、とても言いにくそうにしながら歩み寄ってきた。

「あの～、すんませんが……ちょっと今日はもう……実は今日の朝から、『ギルド見学』の予定が入ってまして……」

「はぁ？　ギルド見学ぅ？」

「す、すんません！　向こうの大陸から、若い学生たちが『臨海学校』とかいう制度で、この港町に集団で泊まりに来て、勉強したりするんす」

「へ～……平和だと、そーいうこともすんのか……今の世は」

ギルド責任者の口から、予想外で、ジオたちにはどうでもいい予定が告げられた。

「ええ、国からの依頼でもありまして……田舎町のギルドを見学……みたいなプログラムもありまして、申し訳ないんですが……続きは、公園なんかでしていただけたら……」

「あん？　いい年した男たち４人、公園で座って話してろって言いたいのか⁉」

「ひいいいっ、で、ですが、この町の公園も海が一望できるような……国の文化遺産にも登録されているようなシーサイドパークでして……座談会したりするにはいい場所だと思いますよ?」

「ふ～ん、公園ね～……」

公園。その単語に何か引っかかりを覚え、少し考えるジオ。

公園とは、遊んだり楽しんだりする場所のことである。

「シーサイドパーク……海辺の公園か」

「公園の～、ワシ、公園なんぞ行ったことないぞい」

「けっ、ただのガキの遊び場さ。テメエには無縁さ」

「そうかのう? ワシらはこれからガキみたいに遊ぶのじゃから、何かヒントがあるかもしれぬぞ? まぁ、ワシらが遊ぶのは公園ではなく、世界じゃがな」

「世界……」

その時、急にジオの頭の中にある言葉が思い浮かんで、気づくとそれを紙に記していた。

「……こういうのは?」

「ほう」

「……?」

「え……えええ？　なんで？」

４人の反応はそれぞれ。

しかし、先ほどのような強い反対意見や、それぞれのアイディアを被せてくる声は、この時はなかった。

「言葉の流れは悪くない……が、初めて聞く名だが……なんの意味があるのだ？」

「あ～……僕はちょっと……いや、その名前は……まぁ、別にいいのか？」

ジオが何気なく書いた名前を、神妙な顔をして尋ねるマシンとチューニ。

すると、ガイゼンは意味が分かったのか、笑みを浮かべて頷いた。

「なるほどのう。これから……この広大な地上世界を、公園のように丸ごと楽しむ遊び場にする冒険団という意味か？」

「ん……まぁ……なんとなくだけどな」

「本当は、無敵とか最強とか入れてほしいところだが……まぁ、よいのではないか？　今までのより、どこかしっくり来るわい」

多少の不満を見せながらも、ガイゼンは「これまでの中では一番納得が行く」と、素直に折れた。

「そうか。まぁ、自分も……もう異論はない」

「ええ？　いや〜、僕にはその単語は全然違う意味に感じちゃうけど……まっ、もういいや……。それじゃぁ、僕もそれで妥協するんで……」

もうこれ以上は案もないだろうと、とうとうマシンもチューニも頷いた。

「おっしゃ、おい、おっさん！」

「ほへっ？」

「これにすっから、登録といてくれ！」

眠そうに立っていたギルド責任者に、ジオは紙を手渡す。

「えっと？　これでよろしいんでしょうか？」

「おお、やっておいてくれ。んで、もうちょい待て」

「はっ？」

「名前を決めるので時間かかっちまって、そのほかのことがまだ決まってねーんだ。だから、話してる間に登録しておいてくれ」

「い、いやいや、ちょっと！　だ、だから、今日はもうこのギルドには予定が？」

チーム名は決まったが、まだ忙しいからと、ジオはギルド責任者に紙を渡して、すぐに登録するように告げた。

そして、ジオたちは再びテーブルで向かい合い、次のお題に入る。

「で……俺ら……チームになって登録も済んで……具体的に何やる?」

次は、今後の行動目的であった。

「決まっておる。とりあえず、賞金の高い実力者たちを片っ端から消し去っていく!」

「……自分は……今まで与えられた任務以外してこなかった……だから……冒険がしたい」

「……田舎で野菜作ってスローライフ……」

そしてまた、やりたいことも各々バラバラであった。

「強い奴らを片っ端から、って……ジジイ……」

「悪くはないじゃろ? これから2代目大魔王の座を狙っておる輩を、片っ端から倒していくのも楽しそうじゃ」

「しかし、それだと我々が……いや、リーダーが、最終的に大魔王になってしまうぞ?」

「ちょ、それじゃ、僕たちが魔王軍になっちゃいそうなんで?」

まずはガイゼンの案。好戦的なガイゼンらしいが、冒険者の自分たちが新たなる魔王軍扱いされてしまうのはどうなのかと、誰もが顔を顰めた。

「なにい? よいじゃろう。なら、いっそのこと大魔王になってしまえ! それはそれで面白そうじゃ!」

「いや、面白そうって……俺、大魔王に恨みがかなりあったんだが……」

大魔王にいい思い出のないジオは、ガイゼンの冗談交じりの提案に微妙な顔をした。

「やっぱ、却下だ。大魔王なんてアホらしいものを目指すのは、俺も嫌だしな。で、次は、マシンの案だな。純粋な冒険か？」

「ああ。そして、願わくば……船などで、海を渡ってみたいな」

「海か……となると、船に乗ってぶらりと世界を回るか。面白そうだな。俺も嫌いじゃゃねえ」

マシンの案は意外にも面白そうだと、ジオも感心したように唸る。

そして、次はチューニの案。

「で、チューニのすろーらいふ？　なんだそりゃ？」

「ああ。むしろ、そんな暴れるとかやめて、田舎で悠々自適にのんびり――」

「「「却下」」」

「えええええええっ？」

考えるまでもなく却下されたのだった。

「俺は、海で冒険ってのはいいと思うぜ？　俺も航海は戦争とか以外でやったことねーしな」

「まっ、今の時代なら腕の立つ海賊も多かろうし、それも面白いか……」

「そう言ってもらえると、自分も少し楽しみになってきた」

「僕の案は……」

そして、各々の意見をまとめる。

「じゃ、とりあえず最初は海に出て、宝探ししたり、邪魔な海賊ぶっ飛ばしたり、そして船の上で畑を作る。こんな感じか？」

「まっ、いいじゃろう」

「異論ない」

「いや、僕はのんびり暮らしたいだけで、そこまで畑作りをしたいわけじゃ……」

まずは海に出て世界を回りながら、やりたいことをしよう。

それが、ジオたちのチームが掲げた最初の行動であった。

「旦那たち。協会に魔通信で、あんたたちの冒険者登録及びチーム名登録が終わったぞ？」

「おお、終わったか」

「ああ。ってなわけで、これで今日からあんたたちは――」

ちょうどいいタイミングであり、さぁ、今こそ新たなる人生の幕開けだと4人で頷き合う。

「これで今日からあんたたちは……『ジオパーク冒険団』だ」

それは、ジオ（地上世界）を、パーク（遊び場）にして冒険をする者たちのチーム。

「……やっぱ、口に出されると少しダセーな」

「少し弱そうじゃのう」

「確かに、チーム名だけを聞けば、我々のような者たちと想像しにくい名前だな……」

「やっぱ、せっかくだからファンタジーとか入れた方が……いや……もう面倒だから、僕ももういいけど……」

完全に納得したとは言えずに、ちょっと微妙な顔をするジオたち。

もう少し名前を弄《いじ》ってみるか？　そう思い始めた時だった。

「おーい！　船が着いたぞ～！　『ミルフィッシュ王国魔法学校』の生徒たちだぞー！」

「おっ、異大陸から、若者たちのご到着だな！」

急にギルドの外が騒がしくなり、町の者たちが慌てて港へ駆け出すのが見えた。

どうやら、学生たちが着いたようだ。

その時……。

「えっ？　ミル……フィッシュ……」

「ん？」

「な……なん……で？」

なぜか、チューニが顔を俯かせて青くなっていた。

何かあるのか？　ジオがそう尋ねようとした時、ガイゼンがその前に口を開いた、

「しっかしまぁ、戦後まもなくで治安も不安定と聞いておるのに、よく若い学生たちに海を渡らせて別の大陸から来させるもんじゃわい」

何気なくガイゼンが呟いた言葉に……。

「まあ、そうなんですけど、当然警備も厳重ですから」

「ほう」

「この辺りの海は辺境とはいえ、帝国領土。当然、『帝国海軍』の将校による、厳重な警護の下で招き入れているんですよ」

ギルド責任者が口にした発言に、ジオの体が大きく跳ね上がった。

「……帝国海軍の……将校の……警護だと？」

「ええ。そして今日来られるのが……」

思わず唇が少し震えてしまいながらジオが尋ね、ギルド責任者が頷いて答えようとした時、ギルドの扉が乱暴に開けられた。

「大変だ、マスターーッ！」

「っ、お、おい、朝っぱらからなんだよ？」

扉を開けたのは、冒険者風の男。よほど慌てていたのか、激しく息を切らせていた。

何かあったのかと、ギルドで寝ていた他の冒険者たちも顔を上げる。

「きょ、今日、ここに来る……学生たちの警護の予定だった将校が……変更になっていた」

「はぁ？」

この港町に来る予定だった警護担当の将校に、変更があったということ。

それだけならば大きな問題ではない。

問題なのは、その人物。

「誰に変わったんだ？　町長は、コナーイ将軍への歓待の準備をしてたってのに……」

コナーイ将軍という名前はジオも聞いたことがあるし、顔も知っている。もっとも、その人物が急遽《きゅうきょ》来なくなったという話。

ならば、誰が代わりに？

「そ、それが……」

すると、駆けつけた男が唇を震わせながら告げる。

「な、なぜか……帝国海軍のトップが……」

「……はっ？」

「帝国の第一皇女でありながら……海軍提督……アルマ姫が直々に……」

その瞬間、ギルド内は時が止まったかのように沈黙した。

そして、ジオの全身の鳥肌が立った。

「アルマ……ひめ……いや……ッ……あの女が……」

その名を自身の口であらためて呟いた瞬間、ジオの意識からチューニが消え、ただ苦しそうな表情で、自身の魔族の腕と化した右手の『指』を擦った。

「ふむふむ……」

と、その時、ガイゼンが興味深そうにジオの顔を覗き込んだ。

「……んだよ」

不愉快そうにジオがそう尋ねると、ガイゼンは途端に笑みを浮かべた。

「……昔の女か？」

「ち、ちが、……くも……ねーけど……って、お前には関係ねーだろうが！」

「ぬはは、やはりな！　やーい、未練タラタラ～！　リーダーも女々《めめ》しいの～」

「ッ、ぶ、ぶっ殺すぞテメエ！」

思わぬ過去に触れられて、顔を真っ赤にしてガイゼンに掴みかかるジオ。だが、ガイゼンは笑いながらも、目は真剣で、ジオに問うた。

「まだ旅立ち前じゃぞ？」

「……あん？」

「やっぱり遊びには行かないと……前言撤回するなら、今じゃぞ？」

まるでジオを試すような問いであった。だが、そう問われてジオは、顔に出るほど動揺していたのかと自分に呆れ、そしてあらためてガイゼンに告げる。

「遊びに行くさ……俺はな」

ジオはあらためて自分の意志を示した。

4章　トラウマ

「どーした、ジオ……いや、リーダーよ。動揺しておるな？　……と言っても、仕方ないようじゃな」

「リーダーは、帝国の姫と懇意だったと先ほど聞いた」

アルマ姫。その名を聞いて動揺を隠しきれないジオの態度から、ただならぬ事情があるとガイゼンもマシンも察した。

「……けっ、別にもう関係ねーことだ……」

しかし、ジオは関係ないと言って首を横に振るも、心と体は素直だった。

「あの女……そういえば、俺が釈放された時は居なかったな……とはいえ……記憶は戻ってんだろう……って、おいおい関係ねーって言ってんのに、俺って奴は……」

あんまり考えるのはしない方がいいと、頭を振って想いを捨てるジオ。

一方で、チューニは一言も発さず、ただ顔を青くして俯いたままだった。

そんな時……。

「「「未来の大魔導士たち！　『港町エンカウン』へようこそ！」」」

　ギルドの外から、賑やかな歓待の声と楽器の音が響いた。

「へぇ～、いい港町だね。ちょっと小さいけど……」

「あ～、ようやく着いた。長かったな～！」

「ふん、王都に比べたら、とんでもない田舎じゃないか」

「ほんとだよ～、こんなとこでキャンプ？　やだやだ。お風呂とかどうするの？」

「うわっ、ダサい男しかいなーい。買い物もできそうもないし、ほんと憂鬱《ゆううつ》～」

「ちょっと、声が大きいよ！　怒られちゃうよ？」

「そうそう、どんなところでも、笑顔を平民の方たちに見せるのは、僕たち選ばれし貴族の役目さ」

「私は……こういうところ、結構好きかな？　みんないい人そうだし」

「うん、空気も美味しいよね」

　歓迎の声とは裏腹に、若者たちからは色々な声が上がる。

　その声を聞きながら、ジオたちは鼻で笑う。

「ふん、随分な甘ちゃんたちが来たみたいだな」

「戦争に関わらなかった世代だ。無理もないだろう」

「青瓢箪《あおびょうたん》なのが声だけで分かるわい。覇気や貪欲さも感じぬ。ゆえに、興味も湧かぬな」

ジオたち3人は、やって来たらしい魔法学校の生徒たちに特に興味を覚えず、つまらなそうにした。

だが、先ほどから俯いていたチューニの様子は、変なままだった。

「おっ、見ろよ！　こんなところに、冒険者ギルドがあるぞ！」

「へ〜、こんな小さな田舎にもあるのか〜……って、スゲー小さい！　ただの汚い酒場じゃないか？」

「バカ。今回の授業のプログラムを見なかったのか？　地方の冒険者ギルドの見学も入ってるんだぞ？」

「あ〜、そういえば、そうだったな」

「へへへ、きっとこんなところに集まる冒険者なんて、地方でセコセコと小さい仕事で小銭を稼ぐ、小者しかいないんだろうな！」

「ねえ、そういうこと言うのやめなよ。すごい失礼だよ？」

「でも、私、王都以外のギルド初めて見た〜！」

「ねえねえ、入ってみようよ。いいでしょ？　これもプログラムの一つだし」

言いたい放題の若者たちは、そのままなんの気遣いもなくギルドの扉を開ける。

そして入ってきた瞬間、ギルドの中央に陣取るジオたちと目が合った。

生徒たちは皆、白く清潔なシャツと、魔法学校の証明でもある紋様の入った赤いマントを纏い、女子は膝上のスカート、男子は長いズボンを穿《は》き、誰もが育ちの良さや気品の漂う顔つきをしていた。

しかし、そんな若者たちは、ドカドカと数十人でいきなり狭いギルドに入ってきた瞬間、一気に顔を青くした。

「ちょ、お、おい！　あれ、魔族じゃないか？」

「うわ、あ、き、騎士団は！　おい、早く騎士団を呼んで、こいつら捕まえて死刑にしろよ！」

「で、でも、確か魔族も地上での生存が許されたとか……」

「知るかよ！　それより、これは学校側の責任だぞ！　魔族の居るようなところに僕たちを連れてくるなんて、パパに言って訴えてやる！」

「そうだ、船に『アルマ姫』がいらっしゃる！　アルマ姫に言えば……」

「バカ、姫様にそんなこと言えるかよ！」

「何言ってんだ、ここは帝国の領土。帝国内での問題だから、アルマ姫が解決すべき問題じゃないか！」

魔族に対する反応。ジオとガイゼンにいつも向けられる異様な反応は、特別なことではないと2人は思っていた。

むしろ、慣れていたことでもあり、もう今さら目の前の無礼な若者たちを相手に暴れるようなことはしなかった。

ただ、気になるのは、青い顔をして俯いていたチューニが、さらに怯えたようになり、そしてチューニの存在に気づいた魔法学校の生徒たちは……。

「あ、あれ？　あれは……ほら、あいつ」

「えっ？　あー、あー、確か退学した……あの根暗の気持ち悪い奴！」

「チューニじゃないか！　うわ、あのチューニだよ」

「へ、落ちこぼれ貧乏人のチューニがなんでここに居るんだよ？」

そして、この瞬間、ジオたちも察した。

今、目の前に居るのが、かつてチューニが居た魔法学校の生徒たちなのだと。

「ふ～ん……そういうことか」

とはいえ、だからどうだということはない。

自分には関係のないことだとジオは思い、特に口を出すこともなかった。

すると……。

「ちょ、どいてください、どいてください！　ちょ、どきやが……ってください～！　今、いいいいいいいい、今、チューニくんが居るって言いませんでした？」

外から生徒たちや人ごみを掻き分けて、うるさく騒ぐ女の声が聞こえてきた。

「……ちっ……」

その女の声が聞こえると、チューニは明らかに舌打ちをして、青い顔をして俯いていたのに、急に不機嫌な表情になった。

「ちょっ、んも～、どいてくださいよ～っ！　……ぷはっ、……えっと～……あ……」

「…………」

「チューニくん……」

現れた1人の女生徒。

栗色の髪をしたその女生徒は、大きくクリクリとした瞳をパチパチとさせ、シャツの上に羽織ったカーディガンの袖で手を覆ったオだらしのない格好をしていたが、愛くるしい顔がそれを許していた。

少女はチューニの顔を見るなり、驚いた顔で固まるも、すぐに口元をぷくっと膨《ふく》らませて、チューニの傍へズカズカと歩み寄った。

「んも～！　な～にやってんですか、チューニくん！　退学になったの聞きましたけど、なんの挨拶《あいさつ》もせずにどっか行っちゃいますし、なんなんですか！　なんでここに居るんですか！　っていうか、あれだけおしゃべりもしたし、お昼ご飯だって一緒に食べたし……それなのに……どんだけ、何も言わずに立ち去るクールな俺カッコいい的な勘違いしてんですか！　どれだけ……心配したと思ってるんですか！　しかも……この人たちなんなんですか？　なんか、魔族も居るんですけど……」

　早口で捲《まく》し立てるように次々とチューニに文句を言いながら、少しずつ少女の瞳が潤み始めているのにジオたちも気づいた。

　だが、そんな少女に対してチューニは……。

「挨拶するほど友達でもないんで。おしゃべりもしてないんで。あんたが1人で何か言ってただけなんで。お昼も一緒に食べてないんで。食堂で食べてると僕の周りだけ誰も座らない中で、席がなくなったあんたが空いている席に座ったら、たまたま僕の隣だっただけなんで。以上の観点から、別れを言う必要も、心配される筋合いもないんで。そして、この状況の説明をする筋合いもないいんで。っていうか、僕もまだよく分かってないんで」

　冷たい言葉をツラツラと並べて呟くチューニ。

　その様子を見て、ジオたちは思った。

「「「こいつ、かなりめんどくさい奴だな……」」」

……と。

しかし、そんなジオたちの反応を気にせず、少女は続ける。

「うっわ、相変わらずキモイですね～、チューニくん。せっかく、この学園一のチョーかわいいプリティ魔法少女『アザトー』ちゃんの下僕になれたのに、そんなこと言っちゃうんですか～？　何様ですか～？」

「……チッ……」

「ちょ、……な、なんですか……なんでそんな……いつものやり取りで、そんなに怒ってるんですか？」

2人の間に、何やら不穏な空気が流れ始める。

そして、さらに……。

「アザトー……急にどうしたんだい？　心配だから勝手に……ん？」

また誰かが、生徒たちの人ごみを掻き分けてギルドに入ってきた。

今度は男の声だ。

「……あっ……君は……」

男のジオたちから見ても、「女にモテるだろうな」と思われる、端正な顔立ちに、整えられた金髪の髪。

女生徒を追いかけてきたのだろうか、現れた瞬間に女生徒の手首を掴んだ。

だが、同時にチューニの顔を見て、一瞬だけ驚いた表情を浮かべるも、すぐに微笑んだ。

「やぁ、君はチューニくんじゃないか！　久しぶりだね、元気にしていたかい！」

「……」

「やだな、忘れたのかい？　僕だよ。『リアジュ・カースト』だよ」

話しかけられたが、チューニは顔をそっぽ向かせて一切無視。

女生徒が、男とチューニの間に割って入った。

「あの、リアジュくん、今は私がチューニくんと話をしているんで、ちょっとどいててもらえませんか？」

「何を言っているんだい、アザトー。僕だっていいじゃないか」

男の名はリアジュ。女の名はアザトー。２人の会話からそれだけは理解したジオたち。

そんなジオたちの前で、２人は続ける。

「リアジュくんは、チューニくんとそんなに関わりなかったじゃないですか！　私は、チューニくんと……色々話をしたりしてましたが……」

「そんなことないさ。僕もチューニくんとは、トモダチだよ。君と仲がよかった人とは……僕も『君の婚約者』として仲よくなりたいと思って、学校でも実は話をよくしていたんだよ」

……ん？　と、その時、ジオたちは頭の上で「？」を浮かべた。

「こっ、婚約って？　ちょっ、待ってください！　その話はもう断ったじゃないですか！　私は……私はぁ……」

リアジュの発言に、アザトーが慌てて訂正しながら、チラチラとチューニの様子を窺う。

ジオたちは頭の上で「！」を浮かべた。

「大丈夫、僕は君のことをよく分かっている。素直になれない女の子の気持ちを察せないほど、僕もバカじゃないよ。それより、君もあまり軽率な行動を取らない方がいいよ？　この世には、ちょっと女の子と仲よくなったぐらいで、何か勘違いしてしまうような男だって居るんだ。君がチューニくんを優しく気遣っていたのは知っているけど、その優しさをチューニくんは勘違いしたんだから」

「ちょ、ち、違います……だ、だから、わ、私は……」

「だから、僕も色々心配だったから、実は以前、そういったところをさらけ出してチューニくんと男同士の話をしたりしてね。チューニくんは僕の話を聞いて、ちゃんとアザトーのことを勘違いしないと理解してくれて、それどころか僕に『頑張れば』って、応援してくれたんだよ。それ以来、僕は彼を友達だと思っているさ」

「はぁ？　えっ、ちょ、なんですかそれ！　私、初耳ですよ！　なんで？　どんな話を？」

「ふふふ、それは男同士の秘密さ。ね？　チューニくん」

リアジュの発言を聞いて、ジオたちは「イラッ」となった。

「でも、安心して。彼も含めて世界は、僕たちが最良のパートナーだと言っている」

ジオたちは、「この男を殴っていいか？」と言いそうになった。

しかし、他の生徒たちは、面白そうに冷やかしの声を上げる。

「ヒューッ！　リアジュかっけー！」

「いいな～、私もリアジュくんにあんなこと言われたら、すぐついて行っちゃう～♪」

「アザトーもチューニなんかほっとけよ」

「それによ、以前教室で、アザトーも皆の前でハッキリ言ってたじゃねえか！　チューニとよく一緒にいるけど、まさか好きなのか？　って、僕たちが聞いた時……」

「そうそう、チューニみたいな根暗で落ちこぼれの貧乏人なんて相手にもしてないし、友達でもないって、ハッキリ言ってたじゃない！」

その時、1人の生徒が口にした言葉に、アザトーが顔を青くした。

「そういえば、あの時、実はチューニは教壇の下に隠れてたんだよな～」

「そうだったね！　リアジュくんの言う通り、チューニが勘違いしないように、アザトーの本音をハッキリ聞かせてあげようと、男子が縄でチューニの口と体を縛って教壇の下に押し込んだんだよね？」

面白おかしく過去の話をする生徒たちの言葉に、チューニに聞かれていたことを知らなかったのか、アザトーは目を大きく見開いてガタガタと震え始めた。

そんなアザトーの様子に気づいていないのか、ニコニコとしながらリアジュが両手を広げて皆に告げた。

「まぁ、もういいじゃないか、みんな。色々あったけど、ああいうちょっとふざけあったり、本音をぶつけ合ったりなんて、気兼ねない友達のいい思い出じゃないか。それより、今日はせっかくこうして偶然にチューニくんとも会えたんだし、みんなで仲よく遊ぼうよ。僕たちは世界最高のクラスメイトたちなんだから！　そうだ、進級を諦めて上の世界を見ることができなかった彼に、僕たちが覚えた新しい魔法でも見せてあげようよ！　彼の見られなかった世界を、特別に見せてあげようよ！　たとえ、身分や才能に違いはあっても、それぐらいの器の広さを、僕たち貴族は見せないとダメさ」

そう言って、中心になって皆を先導するリアジュの姿を見て、ジオら3人の男たちはため息を吐いた。

「……なんだ？　こいつら……」

「どうしてだろうか。自分もあまりよい印象を感じない」

「のう……この若造……ぶっとばしてよいか？」

そしてその時、これまで黙って座っていたチューニがついに声を上げた。

「あの……とりあえず、迷惑だから全員出ていってほしいんで。いや、ほんと。僕にもう、どいつもこいつも関わらないでほしいんで」

不貞腐《ふてくさ》れたようなチューニの発言。

生徒たちは、気に障ったのか眉を顰《ひそ》める。

リアジュも困ったような顔をして、チューニに首を振る。

「こらこら、チューニくん。友達に対してその発言はよくないよ？」

「トモダチ？　トモダチって……授業中に、平民のクラスメイトをゴミや石を投げて当てるゲームの的にしたり、『キモい』コールをしたり、『やめろ』コールしたりするような奴のこと？」

「何を言ってるんだい！　君だって、別に嫌だと言わなかったじゃないか！　アレで君はみんなと遊んでコミュニケーションを取れたんだ！　えっ？　ひょっとして、あんなことは本当は嫌だったって、今さら怒っているのかい？　そんなの、自分の意思をハッキリ伝えない、君が悪いんじゃないか！」

そんなやりとりを見ながら、ジオたちは……。

「「「……とりあえず……もう少し様子を見てみよう……」」」

そう、互いに頷き合った。

そして、目の前の若い学生たちのやり取りを見ながら、ジオは少し昔を思い出していた。

「……ふん……そういや、俺も……最初は学校にあんまよい思い出がなかったな……」

今でこそ、肉体は魔族と化してしまったジオだったが、昔はそうでもなかった。

ただ、どれほど人間の姿に近づこうとも、半魔族として名前が広まっており、どこを歩いても冷たい眼差しを向けられていた。

それは学校でも同じだった。

周りの者たちは自分を恐れ、近づこうとも、関わろうともしてこなかった。

時折、自分がキレて暴れようものなら、正義感気取りの貴族のクラスメイトたちが、自分を倒すべき悪魔のように扱い、喧嘩したりした。もっとも、喧嘩のあとは徐々に親しい者たちが増えていったりもしたが……もうそのことは、ジオにとってはどうでもいいことだった。

「で、こいつはどうなることやら……」

ジオは目の前のチューニを見て、過去の自分と少し重ねた。自分は牙を剥いて、自分を除《の》け者にしようとする者たちに噛みつき、反抗した。

チューニとはそこが決定的に違っていた。

だからこそ……。

「やっぱり、チューニくんは全然分かっていないね。僕たち貴族の選ばれし生徒たちは、イジメだなんて下劣な真似はしないよ」

チューニはこのまま、牙を見せないのか？　噛みつかないのか？　ジオは興味深く見物していた。

「あそ。じゃあもう分かったから、僕にはもう関わらないでほしいんで。選ばれし人たちは選ばれし人たちで、集まって死ぬまで仲よく最高でいてほしいから、底辺以下のクズの僕の相手はしない方がいいと思うんで」

「だから、そういう言い方はやめたまえ。なんで君はそんなに卑屈に下から見下すようなことをするんだい？　それでいて、何もしない。なんの努力もしないし、なんの夢も持っていない。僕は君のように人生を無駄に過ごしたり、世界になんの貢献もしないような人は、あまり好きじゃないな」

「それでいいと思うんで。僕の人生、そもそも人に好かれないのが普通なんで」

完全なる壁を作って拒絶するチューニ。

すると、そんな2人に対して周りは……。

「チューニのくせに、さっきから黙って聞いてれば、エラそうなんだよ！」

「そうだっつーの！　人生終わったクズの落ちこぼれが〜、リアジュに〜何様のつもりだっつーの！」

「気持ちワリーしー！　イライラすっしー！　ほんと、ムカつくし！」

チューニの態度に我慢の限界だったのか、椅子に座っていたチューニを蹴った。

「ぐはっ？」

蹴られて椅子から床に落ちたチューニ。すると、急に出てきた3人の生徒たちが、床に這《は》い、蹲《うずくま》るチューニを踏みつけた。

「ちゅ、チューニくん！　ちょ、な、何をしているんですか！」

「アザトー、いいじゃない、チューニなんか放っとこうよ！」

「で、でもぉ……」

慌ててアザトーが止めに入ろうとするも、他の女生徒に止められた。

「だいたい、お前みたいなクズが、なんで敬語使わないんだよ！　俺らやリアジュと口利く時は敬語を使え！」

「世界の戦争だってな、僕たちの家がたくさん税金を納めて、連合軍の軍事力が強化されたから人間が勝利したんだっつーの」

「その恩を忘れている勘違い野郎を見ると、ほんと気分ワリーし！」

体を縮こませ、床で丸まって攻撃を受け、チューニは苦悶の顔を浮かべながらも耐えていた。

「……あ〜あ……やられ放題……」

「自分が止めよう。不愉快な気持ちになった」

「待て待て、マシンよ。もうチョイ見てれば、案外、こやつの殻が割れるかもしれんぞ〜？」

「……楽しそうにしてんなよ、ジジイ。まっ、俺もこいつの底を見てみたい気もするが……」

「自分は反対だ。それに、チューニがもしキレて魔力が暴走してしまえば、我々も危ないと思うが……」

「それは……確かにのう……」

「じゃあ、どうする？　止める？」

「チューニはまだ魔法に関して経験や技術がない。今、期待するのは酷《こく》だと思うが。何より、共に旅をする同志を傷つけられるのは許せるものではない」

「ん〜、甘いの〜。こういう時こそ、男は覚醒《かくせい》するもんじゃがな……」

「……だが……マシンの言う通り、確かに見ていてあんま気分はよくねーな……最近のガキどもが……」

チューニがどうするか気になって見ていたジオたちだったが、今の状況で覚醒を期待するのも、この状況を見るのも、イライラしてきたこともあり……。

「あ〜、もう、くそ！　めんどくせーなー」

仕方ないから自分が止めるかと、ジオはため息を吐きながら立ち上がった。

「そのくらいにしとけ。……そこのカスども」

「「「ッ？」」」

ジオが言った瞬間、チューニを踏みつけていた3人の生徒を含め、周りの生徒たちもハッとなっていた。

「そ、そうだった、ど、どうして魔族がここにいるんだよ！」

「しかも、チューニなんかと……」

生徒たちも、チューニの話題ですっかり忘れていたのか、この場に魔族のガイゼンや、半魔族のジオがいることを思い出したようだ。

「そんなに怖がるんじゃねーよ。別にイジメに説教をする気もねーよ。ただ、これでそいつがさらに性格がねじ曲がったら、今後共に旅をする身として辛気臭くなりそうだから止めてんだよ。カス1、2、3」

ジオにとっては、目の前で何があろうと、チューニの過去がどうであろうと、正直どうでもよかった。……そう思おうとしたが、見るに堪えずに止めてしまった。

すると、初めはジオを恐れていた3人の生徒は、侮辱に我慢できなかったのかジオに告げる。

「お、お前ら魔族なんて害虫じゃねーか！　それに、お、俺はカスじゃねえ！　俺はな、エキストゥラ家の次男、ワッキヤークだぞ！」

「僕は誇り高きキャーラ家のモーブだ！」

侮辱を許さない貴族の典型。ジオはなんだか懐かしいものを見た気になりながら、苦笑した。

「けっ、家の外に出ている以上、テメエらが何家であろうと関係ねえよ。それこそ、魔王でも勇者でも王族でもな」

「な、なんだと？」

「本当なら、ムカつく奴は抉ってやりたい気もするが、ガキ相手にムキになるのも大人げねえ。だから、チューニがヘタにキレて暴走する前に、命が惜しけりゃ、さっさと消えろって、言ってんだよ」

「なな、なにィ」

目の前の生徒たちを、手で「シッシッ」とあしらうようにして告げるジオ。

ジオは、床で這いつくばっているチューニの傍らに腰を下ろし、あることに気づいた。

「ん？　チューニ？　……」

「う、うぅ、ひっ、い……うぐっ……うう……」

チューニは体を蹲らせて、怯えていたのだった。

「……おいおい、チューニ、お前、な～に半ベソかいてんだ？」

「っ、だ、って、……つっ……」

卑屈で逃げ腰なチューニ。なのに、世界でも最高峰の才能を持っている。そのギャップが、ジオにとって面白くて、思わず苦笑してしまった。

「全く、チューニくんは相変わらずだよね。挑戦的なくせに肝心な時には臆病で、すぐに泣いてしまう。そういうところ、よくないよ？　たとえ、平民でも、才能がなかったとしても、男の子なら強い心を持たないといけないのに」

ジオが苦笑した瞬間、チューニが踏みつけられるのを黙って見ていたリアジュが、呆れたような口調でため息を吐いた。

笑って済まそうとしていたジオだったが、リアジュのため息を聞いた瞬間、再びイラッと来てしまい、思わずリアジュを睨んでしまった。

「……おい……イジメもリンチもそれぐらいにしておけよ。こいつはこれから、俺らの船で畑でも作ってもらう予定なんで、お前らガキの遊びにつき合っている場合じゃないんだよ」

「い、イジメ？　……なんてことを！　間違っているチューニくんを、僕の友達が少し懲《こ》らしめてあげただけなのに、それをイジメ？　なんてことを言うんだ！　僕の友達への侮辱は許さない！　それに、あなたは何者だ！　なぜ、魔族がチューニくんと一緒にいるんだ！　しかも、この冒険者ギルドで何をしているんだ！」

ジオの発言にムッとしたリアジュが、ジオに向かって叫んだ。

「俺がどうして冒険者ギルドで、チューニと一緒に？　いや……だから、俺らは冒険者なんだよ。ここに居るチューニもな」

「デタラメを言うな！　チューニくんが冒険者？　ふっ、彼ごとき……こほん、彼の成績は僕たちが知っている。冒険者の基準をクリアできるはずがない。どうせ、何かよからぬことを企んでいるに決まっている！」

一瞬、リアジュの本音が出たのをジオは聞き逃さなかったが、そこにはツッコミを入れなかった。

代わりに思ったのは一つだけ。

「ウゼーな、このガキ……」

という、イラつきだった。

「答えろ！　チューニくんとあなたたちはどういう関係だ！　何を企んでいるんだ！」

そんなジオに構うことなく、言葉をぶつけてくるリアジュ。

「どういう関係だ？」という問いに、ジオは少し考えた。

仲間というわけではない。友達というわけでもない。だからといって、他人でもない。

なら一つしかないと、ジオは答える。

「ふっ、俺たちはただの……奇妙な縁で巡り合い……これから世界を舞台に遊んでみようと企んでいる……ただのチームメイトさ」

自分たちの関係性。それはチームメイト。それがしっくりすると、ジオは気づいたら告げていた。

「ど、どういうことだ……世界を舞台に遊ぶ？　チームメイト？　何を……」

「で？　俺らがチューニと何かを企んでるんだったら、どーすんだ？」

「企み？　何か、悪いことか！　やっぱり、そうなのか！　怪しいと思っていたんだ！　なら……今ここで、その企みごと、僕が成敗してみせる」

「……はぁ？」

「そして、チューニくん、君もだ。ただ学校をやめて自堕落になるだけならまだしも、魔族なんかと一緒によからぬことを企んで、それで人に迷惑をかけるようなことをするのなら、その前に僕が君に引導を渡す！」

「おい、テメエ……俺にケンカ売ってんのか？」

「ふっ、その強気な態度……大方《おおかた》、僕がまだ魔法学校の生徒だと思って甘く見ているんだろうけど、それは大きな間違いだ！」

そして、リアジュは、さらにジオの神経を逆なでするかのように強気に出る。

「お、おい、リアジュくん、な、何やってんだよ！」

「そうだよ、相手は魔族だ。ここは、アルマ姫に……」

戦うつもりなのか、両手を前に構えて睨んでくるリアジュ。周りの生徒たちは慌ててそれを止めようとするが、リアジュはキリッとした表情で、クラスメイトたちに告げる。

「人は僕たちに言う。生まれた時代がよかったと。平和な時代でラッキーだった、戦争に行かなくてよかったなと。でも、僕はそれを聞くたびに腹立たしかった。僕たちだって、戦争に出ていれば、きっと世界を変えられる存在になっていたはずだと。魔族にだって負けなかったと。僕が……僕たちが力を合わせて戦えば、僕たちの友情と愛の力が結集すれば、なんだってできたはずなんだ！」

リアジュが口にする、戦争に参加できなかったことへの不満。

それだけならば、ジオと同じなのかもしれない。

だが、どういうわけか、ジオはこの瞬間、このリアジュという男子生徒の吐く言葉に、ひとかけらも共感できなかった。

むしろ、余計にイライラした。

「みんな！　僕たちはもう大人なんだ！　いつまでも、大人に頼ったままではダメなんだ！　僕たちみんなで力を合わせれば！　どんな困難も越えていける！」

「「「リアジュ……」」」

「これまでだってそうだったじゃないか！　進級して待ち受けていた、魔法の訓練。オリエンテーリング。競技大会。そして、皆で喜びを分かち合った文化祭！　輝く絆で結ばれてきた、僕たちの力は、こんな奴らには負けないよ！」

ジオたちを置いてきぼりにして、なぜかやる気満々に演説まで始めてしまったリアジュに、ジオたちは唖然とした。

「僕たちに、できないことはない！　仲間が生み出す力は何よりも強く、そして信じ合う心が僕たち人間の最大の武器だ！　魔族なんかのように、醜く残虐な心を持つ者たちには、それがない！　その強さを、僕たちが教えてあげるんだ！」

「「「おっ……おおおおおおお！」」」

リアジュの演説に感化されてしまったのか、周りの生徒たちまでなぜかやる気に満ちた顔で、ジオたちに向けて体を構え始めた。

「そうだ、俺たちならやれる！」

「そうよ、私たちは最高のクラスなんだから！」

「民の上に立つ貴族として、魔族に背は向けない！」

「ほら、アザトーも一緒に戦うよ？」

「ちょ、ま、待ってくださいってば、だ、だから、私は……その……」

「かかって来い、魔族！　僕たちの力を見せてやる！」

流石に、どうしてこういう流れになってしまったのかがまるで分からず、正直、ジオたちも反応に困ってしまった。

「……チューニ……」

「なに？」

「お前の学校、バカなのか？」

「……僕はもう関係ないんで……」

「くはははは、こんなのがクラスメイトか。そりゃ、やめたくなるわな」

呆れたジオはため息を吐き、苦笑しながらチューニの体を無理やり起こした。

「ずいぶんとおめでたいガクセーたちだぜ。だがな、そいつは大きな間違いだ」

「なん……だと？」

「仲間が居ればどんな困難も越えられる？　バカ言うな。越えられる時点でそんなもん困難じゃねえ。本当の困難ってのは、仲間が居たって、どんなに頑張っても越えられない壁のこと。お前ら程度の奴らが多少頑張って越えられるものは、世間的に困難に分類されねぇのさ」

ジオは目の前でやる気満々の生徒たちをザッと見て、大体の力を把握し、ニタリと笑みを浮かべる。

「そして今、お前ら程度が死ぬほど頑張ったところでどうにもならない壁がここにある。それを特別授業で教えてやろうか？　授業料は、お前らがトラウマを抱えるのと引き換えだがな」

ジオの笑みに、生徒たちの顔が一瞬青ざめる。

だが、そこでジオは殺気を解いて、代わりにチューニを前に出す。

「というわけで、チューニ。やってやれ」

「……えっ？」

「記念に一つ……魔法を教えてやるからよ……超基礎だけどな」

その瞬間、チューニは涙を止め、口を半開きにしたまま固まってしまった。

「ちょちょちょちょちょー、旦那たち、やや、やめてくださいよ！　ここで暴れるのは！　っていうか、生徒たちが怪我したら俺の責任問題にも……せめて、ギルドの外で……」

「あの子たち……止めた方がよくない？」

「……誰が止められるの？　『ジオパーク』のメンバーを……」

この光景を蚊帳《かや》の外で見ていたギルドの責任者や他の冒険者たちは、顔を青くしながら生徒たちの無知を憐《あわ》れんでいた。

5章　拒絶

ニアロード帝国には、世界に誇る3人の姫が居る。

そのうちの1人にして、帝国第一皇女のアルマは、人魔の大戦で大きく名を馳《は》せた英雄でもあった。

明晰な頭脳を持ち、遠慮のないクールな言動と、冷静沈着な判断力で他者を先導する。

第一皇女としての立場から、責任感の強い生真面目な性格をしており、敵には厳しく非情に徹して怖れられているものの、民や臣下からの信頼は厚い。

妹ティアナと同じエメラルドの瞳。そして、空のように「蒼色」に染まった長い髪。

英雄の力と、気品溢れる姫の美貌を兼ね備えたアルマは、世界中から『蒼海女帝』と呼ばれていた。

だが、その女帝は今、船上の自室のベッドの上で、絶望の夢の中に居た。

「うっ、ぐっ……ううっ……」

大量の汗を噴き出し、苦しみの中で何度も悶《もだ》えていた。

眠りながら何度も思い返すのは、数年前の、ある1人の男との初めての出会い。

――お前がジオか。ティアナから話は聞いている。今回の海戦では、私の副官として尽力してくれることを期待する。


かつて、大物の海賊との一戦を前に、帝都より助っ人として1人の男が派遣された。

アルマにとってその男は、幼い頃よりティアナとよく口論をしていたので、顔と名前は知っていたが、実際に対面して話すのはその時が初めてであった。

――へへへ、尽力どころじゃないですよ！　俺はただ手伝いに来ただけじゃねぇ。この帝国の海を汚す奴らをぶちのめし、帝都に続いて今度はこの海に俺の名を広めて、俺を認めさせてみせる！　そのためにも、敵船長の首は俺が獲《と》る！　……獲ります……です。

まともに敬語も使えない。学も足りない。荒っぽくて、育ちもあまりよくない。そして、肉体に流れる魔族と人間のハーフの血。

アルマにとっても、他の海兵たちにとっても、あまりよくない印象での出会いだった。

しかし、その男は、常に生き急ぐかのように全力で戦い抜き、その燃えるような闘争本能と生命力は、共に戦う海兵たちの士気を大きく奮《ふる》い立たせ、気づけば海上の将軍として、多くの兵たちを率いるようになっていた。

窮地《きゅうち》に陥った仲間を、そしてアルマの命を何度も救った。

――ここまでボロボロになってまで助けてくれたことに礼は言う。しかし、ジオ……私をあまりか弱い女扱いするな。兵たちの士気に関わる。私も姫とはいえ、戦場で戦う者として、最悪の場合の覚悟は常にしている。私が死んでも、ティアナたちが居る。しかし、お前の持つ力、そして将としての代わりは居ない。お前ももっと自分を大切にしろ。

――いいじゃないすか。それと、男の願望を言わせてもらうと、女は弱い方がいいと思いますよ？　提督だろうと姫だろうと、その方がこっちもやる気が出るんすよ！

――な、なんだと？　貴様、無礼だぞ！　そのような男尊女卑の思想は、私への侮辱だと知れ！

姫であろうと、戦場で戦う自分を、アルマは特別扱いされたくなかった。

宮殿の中では「姫」という肩書きで誰もが自分を特別扱いし、敬い、すり寄ろうとしてきた。

しかし、海に、そして戦場に出れば、自分もこの広大な世界においてはちっぽけな存在の1人に過ぎず、誰も特別扱いをしない。

戦場であれば、「姫」ではなく、「アルマ」として誰もが自分を見てくれると思った。

だからこそ、その男がするような自分に対する特別扱いや、女を軽んじるような考えは許せなかった。

しかし、その男は、アルマを独特な考えで特別扱いした。

——俺みたいな腕っ節だけしか誇れねえ頭の悪いバカにとっちゃ、女が弱ければ弱いほど、弱い者を守ろうとして闘争本能が湧き上がり、その時こそ俺の存在意義を証明できんのさ。別に姫様のためじゃねえ。俺は俺のために、姫様にはか弱くあってほしいんだよ。ティアナはあんなだし……。

——な……なんだ、女に対するその傲慢《ごうまん》な考えは……。

——傲慢でもなんでも、それが俺なんだ……ですよ。だから、ドンと構えてくださいよ。ただ、約束します。この海の上に俺が居る以上、あらゆる全てのものから、俺が姫様を守ってみせますから。

慇懃無礼な態度が時折見られることもあったが、その生き様や言葉の一つ一つが、アルマの心を揺るがした。

——全く……よく分からない理屈をベラベラと……お前、女にモテないだろう?

——うぐっ?

——ふふふ……だが……お前のような男は、初めてだ。

気づけば、その男に感化されて、アルマ自身も徐々に心にゆとりを持ち始め、その男の前であれば、か弱い乙女になるのも悪くないとすら思い始めた。

――ジオ、行くぞ！　私の背中は、お前に託した！

――了解っす！　その背中、海賊王が相手だろうと守ってみせます！

そして、いつしかその男は自分にとって、最も信頼する部下として、仲間として……。

――ジオ……全く……また、お前が敵船幹部を討ち取ったのだな？　少しは私の手柄も残しておいてほしいものだな。

――へっへー！　海軍は海軍で勲章があるんだ～！　新しい勲章一つ目ェ！

――んもう、子供のように見せびらかして……ふふふ……こら、いつまでもニヤけるな。戦いはまだまだこれからだ。これからも、私と一緒に戦ってくれるな？

――よっしゃ、もっともっと手柄をあげまくってやる！　任せてくれっすよ、アルマ姫！

――ああ……頼りにしているぞ。

そして男として傍に居てほしいと思うようになるまで、それほど時間はかからなかった。

――分からない……お前の……せいだ！　寝ても覚めても、お前のことしか考えられない。

時折、お前が私の夢の中に出て、私を抱きしめる。でも、夢の中で抱きしめてくれたはずのお前が、目を覚ますと幻だと分かり、とても切なく心が揺れ動いてしまう。私を……こんな女にしたのは、お前なのだから……ちゃんと責任を取ってほしいぞ。

生まれて初めて、自分も普通の女と変わりないのだと、アルマは気づかされた。

一度気づけば、どこまでも貪欲になってしまった。

その男の前では、自分は誰よりも女でありたいと思った。

――ちょっ、あ、アルマ姫ぇ、お、俺、ちょ、そういうつもりじゃ……ふ、服着ろって、か、着てくださいって！

――そうか？　私も知識だけだけど……こういう状況で男が逃げる気か？

淫《みだ》らな女のように、迫ったこともあった。

――ちょっと、アルマお姉様！　様子を見に来てみれば……私の駄犬に何をしているのかしら？

――ティアナ、お前は下がってろ。こ、こほん。いいか？　ジオはな、お前のように傲慢で自己顕示欲の強い女より、しっかりとした少し年上ぐらいの女がちょうどいいんだ。

素直になれない妹の気持ちを知りながらも、体を使って奪おうとすらした。

――姉妹とはいえ、譲れぬものはあるの。ならば、力づくで渡さない。どっちが、ジオの所有者か、勝負よ！

――いいぞ。ジオを悦《よろこ》ばせることができた方が勝ち。それでいいな！

3人で、口に出すのも憚《はばか》られるようなことも経験した。

アルマにとっては恥ずかしく、しかし今思えば幸せな日々だったかもしれない。

だが、そんな愛欲に溺れた幸せだった日々は、気づかぬうちに崩壊していた。

――言え！　我ら帝都に潜入した細作《さいさく》が居れば、全部吐き出せ！

――アルマ、ひ、め……お、俺は……。

――無礼者！　この私の誇り高き名を、薄汚れた口で呼ぶんじゃない！

血に染まり、ボロボロに傷んだ体で拘束された、帝都を襲撃した半魔族。

帝都に致命的なダメージを与え、多くの犠牲者を出した戦犯として、その男をアルマは監獄島へ連行。

その際、自身の愛すべき国と国民を傷つけ、深い悲しみを作り出した元凶に対するアルマの怒りは常軌を逸した。

――この戦乱の世、甘えも妥協も一切許されない。一瞬の情けが……またこのような悲劇を生み出すのなら……。

――ッ？　な、何をっ？　っ、あ、るま、姫！　俺だ！　なんで、なんで俺のことを分かってくれねーんだよ？

――そのためなら、私は鬼にだってなろう！

拘束した半魔族を尋問しながら、アルマはその指を斬《き》り落とした。

「うっ、あ、あああああああああああああああああああっ！」

そして、悪夢はそこで覚める。

「はあっ、はあ、はあ……っ……はあ、……夢……っ……」

しかし、目が覚めただけで、悪夢のような現実に何一つ変わりはない。

アルマは汗にまみれて震える体を自分で抱きしめながら、こみ上げる吐き気と、自身に対する怒りと失望の涙を抑えきれなかった。

「ジオ……ジオ……ジオォ……」

噛みしめる唇から、そして爪が食い込む皮膚から血が流れようとも、アルマは自分で自分を殺したくなるほどの想いを抱いていた。

「姫様ッ！　どうかなされましたか⁉」

「提督ぅ！」

アルマの悲鳴が聞こえたのか、部屋の外から慌ただしく声が響いた。

「っ、問題ない！　それより、今、船はどこに居る？」

「あっ、その……一応、目的地には既に……」

「ッ、な……なぜすぐに起こさない！」

急いでベッドから体を起こして、壁にかけていた自身の軍服に手を伸ばすアルマ。

既に船は航海を終えて停泊しており、自分が寝坊をしてしまう、あり得ない失態を犯したと、アルマは顔を蒼白にした。

「申し訳ございません。その……昨晩から提督は体調が悪そうでしたし……何せ、急に倒れられたものですから……『ホサ大佐』の指示で、このまま休んでいただこうと……」

「そうか。そうだったな……ここ数日まともに眠れなかったものだから、私は操舵室《そうだしつ》で意識を……情けない！」

自身に何があったのかを思い出し、舌打ちするアルマ。

ここ数日、仕事が忙しいのもあったが、とにかく寝ることができないほど、アルマはあることに苦悩していた。

「それより、着替えるからドアは開けるな」

「あ、は、はいっ！」

「それと、そのままでいいから、『例の件』も含めて報告しろ」

「……は、はい。航海は順調で、港町エンカウンに無事到着。学生たちは下船し、体調を崩した者もなく、既に町長への挨拶などは、ホサ大佐が仕切って無事終わりました」

「……そう……で……『例の件』は」

ドアの向こうから報告する部下に対し、より一層重い口調でアルマは尋ねる。

するとドアの向こうの部下は、言いにくそうな様子で、アルマが一番気になっていたことを口にした。

「その……監獄島から消えたという……ジオ将軍の行方は……帝都の騎士団も捜索しているようですが、いまだ不明とのことです……」

「……そう……」

報告を聞き、着替えをしていた手が止まり、ボタンをかける手を震わせながら、アルマは俯いた。

「それで……帝都の状況は？　ティアナについては？」

「ティアナ姫はいまだに自室から出られず……食事もほとんど口にされていないようです」

「そう。無理もない。私も……大魔王が死んだ『あの日』のことは今でも……世界が平和になった喜びを全く感じることなく……ただ……自分で自分が許せない」

「提督……」

「今でも鮮明に覚えている。私がジオに放った言葉。行った尋問の数々。そして……ジオの指を斬り落とした感触が、決して忘れられずに私の手に生々しく残っている……」

再び着替えの手を動かしながら、アルマは等身大を映し出す鏡の前に立ち、自分の顔を見て嘲笑《ちょうしょう》した。

「ひどい顔だ。これが私か？　帝国の英雄を……仲間を……恩人を……愛した男を地獄に叩き落とした悪魔の顔……全く、殺してやりたいものだ」

「……ちょ、姫様ッ？」

「……安心しろ。自殺なんてする気はない。少なくとも……もう一度ジオに会うまでは……」

そう言って、アルマは自嘲しながらもよどんだ瞳で顔を上げて、自分に言い聞かせる。

「そうだ。このような状況でも帝国の姫として、海軍提督として、どれほど苦しもうとも、私まで壊れるわけにはいかないからな。私は大丈夫だ」

ただ、それは……。

「そう、私にはまだ役目がある。必ずジオに償いをして連れ戻してみせる。たとえジオがそれを望まなくても」

だからといって、その事実から逃げるわけにはいかない。それこそ、責任放棄だ。ジオのかつての上官として、主君として、そして愛した女として、決して許されぬ罪を犯したその償いは何があってもしなくてはならない。その結果、ジオが私たちに死を望むのであればそれもやぶさかではないが、ジオ自身が望むまでは、私たちがどれほどつらいからといってこの命を、自分で自分を殺すようなことをするわけにはいかない。私たちの命はもう、私たちが好き勝手にしていいものではない。私たちの命はジオの好きにさせたい。その結果、ジオが私たちの死を望むのであれば、その時は従おう。私はもうジオのものだ。そして、逆もそうだ。ジオは私たちのもの。

そうだ……そう……ジオは私たちの男。ジオをこの世で最も愛しているのは私たちだ。ジオが最も愛した女も私たちだ。だからこそ、ジオを幸せにできるのは私たちだけ。世界中の誰よりも、私たちこそがジオを幸せにできる。

私たちこそがジオの居場所。許されざる罪も過去も全て抱え、ジオが望むのならこの身をいくらでも傷つけ、何本でも指を斬り落としても構わない。ジオ……私のことを好きなだけ殴ってもいい。蹴《け》ってもいい。私の地位も肩書きも関係ない。それでジオの憎しみがほんのわずかでも晴れてくれさえすれば。

だからジオ、私たちから離れてはダメだ。たとえお前が帝国から離れたって、私たち以上にお前を幸せにできる女たちは居ないに決まっている。傷ついたジオを癒すのは私たちしか居ない。３年の空白と裏切りの日々が私たちの絆を断ち切ったとしても、必ずもう一度紡いでみせる。そしてもう二度と忘れない。ジオがもう一度私たちに笑い、そして愛してくれる未来を得ることができるのならば、この世の全てを引き換えにしても構わない。

私たちの未来を妨げる者は全て敵。私たちからジオを奪う恐れのある者は、魔王も勇者も、神であろうと殺してみせる。ジオ、だから必ずもう一度会いに行く。そしてまずは謝罪をさせてほしい。その後、この私を思う存分にいたぶって、ほんのわずかでも心を晴らしてほしい。ただ、一つだけ言わせてくれ。私は、この3年間、この体も心も他の男に許したりしていない。私は3年前のお前が知っている私のままだ」

自分でももう、気づかぬほど堕ちて……。

「ジオ。もう一度必ず会って……償いを……そのためには、どれほど苦しくとも、私まで心を壊すわけにはいかない」

……実は既に壊れてしまった女の、寒気のするような独白だった。

その独白をドアの外で聞いていた部下は、恐怖に震えて腰を抜かした。

「ジオ将軍……どうか……たす……けてください……ティアナ姫だけではなく……アルマ姫まで……もう……」

変わり果ててしまった敬愛する主君にして上官の姿と、3年の間、自分たちも忘れていたかつての戦友だった男のことで、ただ涙するしかなかった。

そして、その時だった。

「大変です、アルマ姫は？　いま、町で……アルマ姫！」

慌ただしい声が船内に響き渡る。

何があったのかと、ちょうど軍服に着替え終えたアルマが外へ出ると、兵の1人が片膝をついて肩で息を切らせながら……。

「トラブルです！　何やら、冒険者ギルドで、学生たちが誰かとトラブルを起こしているようで……そこに、魔族も居るという報告が……」

「……なんだと？」

報告を受け、アルマは氷のように冷たい瞳をして歩き出す。

「分かった。生徒たちに何かあっては、責任問題になる。私が直々にそのトラブルを……処理する」

そう告げて、アルマは運命の瞬間を迎えることになる。

◆◇◆◇◆

港町から少し出て、どこまでも広がる広大な草原の上に、チューニは無理やり立たされた。

「い、いや、あの、リーダー……ぼぼ、僕が戦うって……」

「別に大したこたーねーよ。テメエも、俺らのチームメイトなら、これから過去を断ち切って世界で遊ぶための、いい機会じゃねーか」

過去のトラウマであるクラスメイトたちを前に、戦いを恐れて怯えるチューニの肩を掴んで逃がさないジオ。

その眼前で、「力を合わせて悪を倒そう！」という空気を醸《かも》している学生たち。

「だ、ダメですよ……も、もうやめましょうよ！　リアジュくんたちも、チューニくんも、こんなの、だ、だ、ダメですよぉ！」

唯一、戦いに反対して止めようとする、アザトーという名の少女。

「チューニくんは、こういうんじゃなくて……卑屈でひねくれて臆病で……確かに魔法も使えないダメダメですけど……でもぉ……人が困っていると……名乗らずに陰でコッソリ助けたり……自分が泥を被ってしまうことも厭《いと》わない……そんな人で……だから、決闘とかそういうのはチューニくんらしくないですよ！」

「アザトー、君の優しさは分かる。僕だって戦わなくて済むならそれに越したことはないと思っている。でもね、現実はそこまで甘くはない。戦わなくちゃいけない時があるんだよ。危険な魔族や、何かを企んでいる奴らを放ってはおけない！」

「リアジュくんっ！」

「それに何よりも……僕の愛する君に涙を流させた彼を……友として、君の婚約者として、そして男として僕は許すわけにはいかないんだ！」

先ほどまでは周りに止められたり、状況に流されてしまった少女アザトーだったが、今は、対立したクラスメイトとチューニの間に割って入ろうとした。

だが、リアジュたちは、「戦いは避けられない」、「チューニやジオたちは倒すべき敵」と言って、アザトーの制止を振り切ろうとする。

そんな光景を冷めた目で見ていたジオは、軽くチューニの肩を叩いた。

「あいつら全員へこませたら……気持ちいいだろ？」

「……リーダー……でも……」

「ちっとは、シャキッとしろ。ガイゼンじゃねーが、こいつはテメエの殻を破る機会だと思えばいいんだよ」

「……そ、そうは言っても……」

「それとも、自分が悪いと謝罪して、頭を下げて、で、お前を心配してくれるあの女のもとへ戻るか？」

「それは……」

「『ジオパーク』で遊ぶか……元の場所へ戻るか、それはお前が決めろ」

お前はどうするのか？　ジオの問いに、チューニは顔を俯かせて、ハッキリと告げる。

「僕に……戻る場所なんかないんで」

「……そーか。なら、ケリをつけるために、一つだけ魔法の基礎を教えてやるよ」

ジオは頷いて、自身の指先をチューニの眼前に持っていった。

「いいか、覚えておけ。魔法なんて、一種の呼吸みたいなもんだ。魔力は空気をはじめ、万物に宿る生命エネルギー。呼吸をした瞬間、空気に混じって体内に取り込まれるものを感じ取って、集中」

「……」

「体内に取り込まれた魔力を、全身の『経穴《けいけつ》』から漲らせ、手のひらや指先、人によっては手にした杖に込めて放つイメージ。まぁ、ざっくりと言えばこんなもんだ」

ジオの人差し指から、石ころぐらいの大きさの光球が浮かび上がる。

「これが、入り口。『ビットボール』だ」

「……あ……は、はぁ……」

「ただの小さな『魔力の塊』だ。こんなの、石を投げて当てる方が痛いぐらいだ。だが、魔法学校では、この『ビットボール』から始まり、さらに火や風など、個々の特性を活かした『属性』を付加させて魔法を習得していくんだ。『ビットファイヤ』や、『ビットウインド』みたいな初級魔法だ」

「あ、そ、そういう知識だけなら、最初の年の座学で……」

「そうか？　まぁ、ちなみに魔法の練度や込められる魔力の量によって、魔法の威力は上がっていく。このビットボールやビットファイヤと同じ『ビット級』から始まり、その上の『バイト級』、『キロ級』、『メガ級』、って具合にな。俺の魔法学校卒業時の条件は、『バイト級』の魔法を三つ使えることだったな。今はどうなってんのか知らねーが、今のお前はそんなところまでやらなくていい」

ジオの『即席魔法講座』であった。魔法学校に所属して居れば、誰でも知ることができる常識的な知識。

しかし、魔法学校中退で、魔法による戦闘経験や訓練をこれまで受けたことのないチューニにとっては、まさに生まれて初めての、座学以外の魔法講座だった。

「ほれ、試しにやってみろ。全身の経穴と体内の魔力を感じりゃ、楽勝だ」

「えっ、そんなざっくりッ？　いや、いやいやいや、無理なんで！」

「あ？　簡単だろ？」

「だって、ぼぼ、僕、……昔からごっこ遊びでそういうのやってるけど……できたこと一度もないんで……」

「は、はぁ？　いや……こんなもんをできないとか言われても……俺は最初からできたしな……」

「いや、僕が才能ないの分かってるんで！」

理屈は分かっても、いきなりヤレと言われて簡単にできるものではないと、情けない表情で告げるチューニ。

そして、ジオはジオで「これぐらいのことができないのか？」と、思っていた以上にチューニが不器用なのだと知って、少し困った表情をした。

「おい、何をしているんだ！　戦うんじゃないのか？　僕たちは、いつでも戦う準備も覚悟もできているんだぞ！」

「そうだ、僕たちは決して逃げずに堂々と戦ってみせる！」

「私たちの力を見せてあげるんだから！」

もたつくジオたちに、「早く戦おう」とやけに好戦的で気合を入れたリアジュたちが叫ぶが、まだチューニの準備ができていない。

すると、１人の男が動く。

「チューニはこれまで、魔法とは無縁の生活をしていたのだろう……魔法の才能がないわけではない。使い方を知らないだけだ。というより、チューニに才能がないはずがない」

講座の途中で、マシンが口を挟んできた。

「それに、自分が見る限り、チューニの全身の経穴は閉じた状態のままだ。それでは、内在する魔力がいかに強大でも、引き出すことは無理だ」

「ほぅ……マシン。テメエは人の経穴の状態が分かんのか？」

「自分の目にはそういった機能が備わっているのでな。だからこそ……」

マシンはどうすればいいのか分からずに戸惑うチューニの前に立ち、鋼の指先を掲げた。

「経穴を突いて、強制的に開かせることも可能！」

「ほぎゃあああああああああっ？」

その瞬間、なんの前触れもなく、マシンはチューニの全身のツボを目に見えぬ高速の指で突いていった。

「お、おお……そんなことできんのか。便利だな」

「ああ。ちなみに、魔法使いと戦う時は、これと逆に経穴を閉じて、相手の魔法を使えなくするというのもできるがな……」

全身のツボを突かれ、言いようのない痛みを受けて地面をのたうち回るチューニ。

だが、次の瞬間、その全身が発光し始め、内に秘められた力が解放されていく。

「あ、っ、お、ぼ、僕！　あつっ、体が……こ、この感じ……この感じ！」

自身の肉体に異変を感じ、チューニがハッとなって全身を見渡す。

体が熱くなり、力が湧いてくる衝動。チューニは顔に、生気を宿らせていった。

「な、えっっ？　な、なにっ？」

「なんだ、あの光は！　チューニの奴から、なんかが溢れてるぞ？」

「ま、まさか……え？　あ、あれって……ま、魔力？」

「バカ言ってんじゃないよ！　チューニは、魔鏡で魔力を数値化できないぐらいの落ちこぼれなんだぞ！」

「で、でも……な、なにこれ……」

チューニの全身から活火山のように噴き出していく、光の波動。それは、全てがチューニの内に秘められた膨大な魔力。

その放出を確認したジオは、わずかに冷や汗を頬にかきながら、マシンと共にその場から少し下がった。

「……ほぉ……これが……へぇ……やるじゃねーか」

「……なるほど……デカいな……」

空気が弾け、肌がピリピリとしていく感覚に、ジオは小さく笑みを浮かべた。

チューニの潜在能力は数値上でしか知らなかったが、これは期待通りのものだと思った。

ガイゼンも同じ。地面に胡坐《あぐら》をかいて、酒樽で豪快に飲みながら笑う。

「ぐわはは、あと……2～3年ぐらいすれば、あやつと喧嘩すると面白そうじゃの～う」

神話の怪物すらも唸らせるほどの力を、チューニは放っていたのだった。

「どど、どうしちゃったんですか、チューニくん！　ま、魔族に何かされたんですか！　っ、あなたたち、チューニくんに何をしたんですか！」

「下がっていろ、アザトー！　チューニくんはどうやら、魔族の手によって何か禁断の力を使わされたのかもしれない！　どんなものか分からないが、何かが起こる前に、力づくで止める！」

チューニの異変に顔を青くするアザトーと、ただ事ではないと察したリアジュが、顔色を変えて前へ出る。

そして、その構えた手のひらから、漲らせた魔力と共に、未だ戸惑っているチューニに向かって先制攻撃を仕かける。

「ちょ、リアジュくんッ！　ま、待っ――」

「くらえ！　『バイトファイヤッ』！」

それは、手のひらほどの大きさの、炎を纏った球だった。

だが……。

「……えっ？」

炎の球は、チューニに届く前にチューニの体から溢れる魔力に触れ、その瞬間に粉々に砕けて消失してしまったのだった。

「……えっ？　な、何が……」

「リアジュくんの魔法が……掻き消された⁉」

「ど、どうなってんだよ！　チューニの奴、本当に何が起こってんだよ！」

チューニは全身のツボを突かれて数秒のたうち回ったが、すぐに痛みが消えてそのまま静かに立ち上がり、今は自分の体を眺めながら、溢れる魔力を実感していた。

その瞬間、自分に向けて放たれたリアジュの魔法に、なんの脅威も感じず、それどころかその魔法は、届く前に勝手に消えてしまったのである。

「……ビット級は私生活を補助するぐらいの魔法……バイト級は相手を怪我させる魔法……キロ級は軍人クラス……メガ級がいっぱしの魔法使いで、大型モンスターを倒せるレベル……。バイト級程度じゃ、チューニに届く前に、魔力の波動だけで掻き消されちまうか」

「仮に届いたところで、チューニ相手には無意味」

「そうじゃのう。魔法無効化の体質持ちである以上……ワシらのように素手で戦えんと、ちと厳しいのう、あの青瓢簞たちには」

ついに解放されたチューニの才能。それがどれほどのものなのか、ジオたちは興味深そうに笑いながら観戦していた。

「なな、なんだよあれ！」

「うそ……リアジュくんのバイトファイヤが消えちゃって……」

「あの魔族たち、チューニに何したんだ！」

百戦錬磨のジオたちですら目を見張るほど、荒々しく吹き荒れるチューニの魔力の放出。

それを、実戦経験ゼロの学生たちが目の当たりにして、狼狽えるのも無理はなかった。

「み、みんな！　落ち着くんだ、今のは何かの間違いだ！　僕もちょっと調子が出なかっただけだ！」

そんな状況の中、クラスメイトたちを鼓舞するように声を上げるのは、頬に汗をかいたリアジュ。

「リアジュくん……」

「そ、そうだ、切り替えろ！　どうせ、なんか変なことをやったに決まってる！」

「そうだ、やってやろーぜ！」

「みんなで力を合わせて、魔族なんかと仲よくしているあいつを懲らしめてやろうよ！」

多少の動揺はしたものの、相手は自分たちがよく知る落ちこぼれの男。

「バイト級の魔法を使える人は前に、使えない人は後方支援だ！　僕たちが世界一のクラスだって証明するんだ！」

「「「おうっ！」」」

今、自分たちはクラスメイトと一緒に居る。何があっても負けるはずがない……という、願いのような気持ちを持って、生徒たちは各々の杖や手のひらを構えた。

「バイトファイヤ！」

「風よ、不浄なる存在を切り裂け！　バイトウインドッ！」

「僕があいつを足から崩す！　バイトアースッ！」

炎が、風が、大地が、様々な魔法が一斉にチューニに向かって放たれる。

しかし……。

「……これがバイト級……すごい……ちっさい」

その全てが、チューニに着弾する前に、彼の纏う膨大な魔力に触れた瞬間にかき消されてしまった。

「なっ、……そんなっ……」

「ひょっとしたら、何かマジックアイテムを使っててんじゃないのか！」

「そ、そうか！　あり得るかもしれない。もしくは、一時的に力を増幅させるような外道《げどう》の禁術とか……」

「ふん、魔族と一緒に居たらそうなっても不思議じゃない！　どこまでも堕ちたようだな……

あいつ！」

誰もがチューニの身に起こっていることに驚くものの、それが「チューニ本来の力」とは認めず、なんらかのタネがあるのだと決めつけて叫ぶ。

一方でチューニ自身は、先ほどまで、そしてこれまでもずっと怯えさせられていたクラスメイトたちのことを、急にとても小さな存在に感じるようになった。

「これが……僕の魔法……分かる……僕の意思通りに……なんでもできそうな気がする」

それどころか、徐々に胸の中が高揚していることを、チューニは実感していた。

突如身につけてしまった、強大な力。その全てが自分のものであり、それを試してみたいという好奇心が湧き上がった。

「えっと……こうやって手のひらに溜めて……放つ！　えいっ、せ、えっと、せ……天空を駆ける星々にその罪を贖《あがな》え！　聖破流星弾《セイクリッドバーストメテオラブレッド》！」

「「「ッッッ？」」」

「うわっ、なんか出たッ？」

それは、なんの属性も付加されていない、言うなれば魔力の塊を弾けさせる、『ただの衝撃波』であった。

だが、チューニにとって試しに放ってみた魔法でも、並みの人間には立っていることすら困難なほどの衝撃波。

生徒たちは、吹き飛ばされないように両手を前にして必死に堪えようとするが、制服のシャツやスカートが大きく捲れ、それどころか衣類を弾き飛ばされる者たちまで居た。

「ひっ？」

「い、いやあああああ！」

「な、なんで！　ひ、いやあああっ？」

「ちょっ、ちょっと男子、あっち向いてて！」

服を弾き飛ばされて、最も大きな悲鳴を上げたのは女生徒たちだった。白や青やピンク色などのカラフルな下着姿にされた女生徒たちは、顔を真っ赤にして、半泣きになりながら蹲ってしまった。

「あっ……」

そこまでやるつもりはなかったチューニも、元クラスメイトたちの服を弾き飛ばしてしまったことに顔が青ざめる。

そして、中にはあの少女もいた。

「ひい、いやあぁ！　なな、なんで？　なんでこんな格好に……ちゅ、チューニくん？」

体を手で必死に隠しながら、泣き顔で叫ぶアザトー。だが、手で隠そうともシルクの白い下着は隠しきれず、今の衝撃でブラジャーまで飛んでしまったようだ。まだ成長期にある同級生たちの裸を前に、こういったことに免疫のないチューニは激しく動揺する。

「ッ……うゥ……こ、こんなつもりじゃ……ど、どうすれば……リーダー？」

罪悪感で顔をそむけてしまうチューニ。視線のやり場に困り、この力をどう制御すればいいかも分からず、思わずジオたちに助けを求める視線を送るが、ジオ、マシン、ガイゼンは３人、地べたに座ってリラックス状態で観戦していて、特に動こうとしなかった。

「あ～あ、脆いな。ちゃんと魔力を纏わせて防御しねーから、服が飛んでくんだよ。っていうか、セイクリッド……なに？　ただのビットボールを、メガボールぐらいにして弾かせただけだろうが」

「しかし、魔法学校の制服だ。法衣で作られているはずのものを、たった一撃の衝撃波で吹き飛ばすチューニの方を褒めるべきでは？」

「う～む、残念じゃのう。ワシからすれば、子供すぎてそそられんわい。やはり、人間のオナゴは熟したムチムチの30代からじゃのう」

「おい、ジジイ、どこ見てんだよ」

「子供とはいえ、婦女子の体を卑猥《ひわい》な目で見ぬことだな」

「見とらんわい。見てみぃ、クマパンツ、イチゴのパンツ、ありきたりな白パンツ、どれに卑猥な感情を抱けと？　乳だってどいつもこいつも小さいわい。せめて布切れの少ない、尻に食い込んだ紐のパンツぐらい穿くべきじゃ！」

「あのなぁ、魔法学校も卒業してねぇ、14～15ぐらいのガキが、んなもん穿いて……た……お姫様も居なくはなかったが……」

「どうした、リーダー？」

「ぬぬぬ？　ほほう、思い出のオナゴの話か？　初恋か？　のう、リーダーよ、ウヌの初チューは何歳ぐらいの時じゃ？」

3人は動こうとしないどころか、むしろノンキに話をしている。

チューニも流石にツッコミを入れてしまいそうになったが、そんなチューニに、クラスメイトたちが叫ぶ。

「な、なにをしたんだ！　それに、女性にまでこんな最低なことを……許さないぞ、チューニくん！　貴族としての誇りに懸けて！」

振り返るとそこには、マントやシャツは衝撃波で飛ばされたものの、なんとかズボンだけは死守した状態の、もろ肌を晒《さら》したリアジュが立っていた。

「いや……僕も自分でも思うようにできなくて……」

「言い訳なんて聞かない！　どんな手品を使ったかは知らないが、もう僕には通用しない！

君がどんな外道な力を手にしようと、みんなとの絆で軽々と吹き飛ばしてみせる！」

自分たちは負けていない。いや、負けるはずがないと、未だに吼《ほ》えるリアジュは、服をなくして恥ずかしがっている生徒たちを再び鼓舞する。

「みんな！　あの力を、今こそ見せる時だ！　文化祭で発表して、優秀賞をみんなで取った、あの『協力魔法』だ！」

協力魔法。そうリアジュが叫ぶと、恥ずかしがりながらも生徒たちが顔を上げていく。

「で、でも、リアジュくん、あの魔法は……先生が使うなって」

「そ、そうだよ、それに、あんなの使ったら……殺しちゃうんじゃ……」

「協力魔法？　だ、ダメですよ、リアジュくん！　いくらなんでもそれはダメです！　チューニくんが死んじゃいます！」

リアジュの考えに、生徒たちの顔が青ざめる。

一方で、ジオたちは首を傾げた。

「……協力魔法？　なんだそりゃ？」

「合成魔法のことではないのか？」

「ほう。異なる属性同士を組み合わせて、さらに上級な属性を生み出すアレか？」

ジオたちも、生徒たちが何をするのか、少し興味深そうに見る。

「こんな卑怯で下劣な奴にこんな目に遭わされて、みんなは悔しくないのかい！　それに、相手は薄汚い魔族と手を組むような、人間の裏切り者だ！　これは、正義のためなんだ！　さぁ、早く僕に魔力を！　早くしろ！」

先ほどまでの爽《さわ》やかな表情が消え去り、イライラしたように乱暴な口調で捲し立てるリアジュに圧《お》されて、生徒たちは戸惑いながらも慌てて手のひらに魔力を集中させ、放出し、それをリアジュに送っていく。

「なんだ。ただの魔力の受け渡しか」

「他人と波長を合わせて受け渡すものか」

「難易度的にはバイト級とメガ級の間ぐらいじゃな」

それはジオたちにとっては、いささかガッカリするような内容のものだった。そうとは知らずにクラスメイトたちから魔力を受け渡されたリアジュは、増量した自身の魔力を感じながら笑みを浮かべる。

「これが、みんなで協力し合って開発した協力魔法だよ、チューニくん。文化祭の時にみんなで開発したこの魔法で、僕たちは賞だってもらったんだ！　君は退学してたから知らなかっただろうけどね！」

「は……はぁ……」

「みんなから集めたこの魔力を使えば、今の僕は最強魔法のメガ級を使うことができるんだ！」

誇らしげな表情で、チューニを見下すリアジュ。ジオたちはまた、ため息を吐いた。

「最強魔法が……メガ級？　……あ～、そういや、魔法学校では『そういうこと』にしてたんだな。そこは、俺の頃と変わってねーんだな」

「魔法学校ではそうなのだな……確かに、魔法学校を卒業したからといって、全員が『そういう道』に進むわけではないからな……」

「おいおい、どーいうことじゃ？　メガ級が最強とか、あの小僧は何を言っておるんじゃ？」

「ガイゼン、テメエの時代や魔界がどうだったか知らねーけど、今の地上世界じゃ、魔導士や騎士団、軍人とか、そういう道に進まなければ『ソレ』に関しちゃ教えてもらえねーんだよ」

「普通に生きている分には必要のない知識だからな」

「なんと……そんなことになっておったとはの～。……そうとは知らずに、ますます道化じゃのう、あの学生たちは……」

ジオたちは、どこか哀れんだ表情をして、リアジュを見ていた。

「め、めめめ、メガ級の魔法っ？」

とはいえ、ジオたちの反応など知らず、チューニだけはむしろ、リアジュの言葉に怯えきっていた。

チューニ自身も、魔法をこれまで使えなかったとはいえ、知識として、メガ級の魔法がどれほどの存在かは知っていたからだ。

「っ、だから……もうやめてください！　みんなも、なんで止めないんですか！　チューニくんが死んじゃいます！」

そして、クラスメイトの中で唯一リアジュに魔力を受け渡さなかったアザトーが、裸に近い自分の格好を顧みず、チューニを助けようと割って入る。

「チューニくん、今すぐ謝ってください！　何があったか知らないですけど、もう土下座でもなんでもしましょうよ！」

「い、いや、……っていうか……あいつの方からやって来たんで……っ、ちょ、その前にあんた、その格好！」

「今はそんなことどうでもいいんです！　私、チューニくんには……チューニくんがこれ以上……だから、リアジュくんもやめてください！」

シルクの白い下着1枚と黒のニーソックスに黒い靴。それだけを着て、あとは裸という格好だが、今はそんな姿を恥ずかしがっている場合ではないと、アザトーがチューニの腕に抱きつくようにして、必死に降伏するように訴える。

だが、そんなアザトーの姿に、リアジュは怒りを剥き出しにした。

「あ、アザトー……何を……ぼ、僕以外の……男に……なんで、そんな落ちこぼれにいつまで抱きついてんだよ、このぉ!!」

「リアジュくん……で、でもぉ……」

「ッ、ふ、ふざけるなっ！　そんな落ちこぼれのクズに、なんですり寄っているんだ！」

嫉妬。八つ当たりにも似たような感情が爆発したのか、リアジュは、アザトーがまだチューニの傍に居るというのに、怒鳴り声を上げながら魔法を放つ。

「メガファイヤッ！」

「ッ？　ちっ！」

「えっ、り、りあじゅ……く、ッいっ？」

その瞬間、チューニの体が勝手に動いた。

眼前まで迫りくる、先ほどまでのバイト級を遥かに上回る、キロ級すらも飛ばすほどの力。

横に逃げようにも、範囲が広すぎて、もう今から逃げても逃げきれない。

「お、おい、リアジュくん、何やってんだ！」

「まだ、アザトーが――」

等身大どころか、建物に匹敵するほどの大きさと、轟々《ごうごう》と燃える炎の塊が、チューニとアザトーを包み込もうとし、チューニは咄嗟《とっさ》にアザトーを乱暴に後ろに突き飛ばし、彼女を守るかのように両手を大きく広げて、その魔法を受けようとした。

「ちゅ、チューニく……だ、……ダメえええ！」

チューニにかばわれ、思わず悲鳴を上げるアザトー。

そしてチューニは、「死ぬんだ」と、その瞬間に死を覚悟した。

だが……。

「……あれ？」

「……へっ？」

メガファイヤは、チューニを包み込もうとした瞬間、まるで割られたガラスのように粉々に砕け散ったのだった。

「……え？　な……なんで？」

その光景に誰もが目を疑い、何が起こったのかを理解できないようだった。

「うわ～……ほんと、突っ立ってるだけで何もしなくていいなんて……便利だな、あの能力」

「完全オートか……」

「魔法使いには堪らん能力じゃな」

唯一、今の現象の意味を理解しているのは、ジオ、マシン、ガイゼンだけ。

そしてチューニ自身、何が起こったのか一瞬分からずに呆けたものの、ジオたちのノンキな会話を聞いて、ようやく理解した。

「そ、そうか……これが……魔法無効化……」

「な、……えっ？　な、にが……」

「半端な魔法は僕には届かなくて……仮に届こうとしても全部無効化する……」

「むこっ、えっ？　な、なんだ？　何が……そ、そうか！　みんな、さてはこいつを気遣って魔力を僕にちゃんと渡さなかったな？　中途半端なことはするな！　は、はやく渡せ！　こんなやつ、僕らの最強メガ魔法で――」

「すごい……今なら、思い描いたこと……なんでもできそうな気がする！」

自身の能力、そして溢れる力を徐々に理解していくチューニは、高揚を抑えきれないのか、瞳を輝かせた。

「今度は両手で！　縦横同時に地面を切り裂くようにッ！」

「な、何をっ？」

「混沌が描く十字の光が、え～っと、えっと……あの、ええい！　混沌魔術師乃聖十字《ホーリークロスオブカオスウイザード》」

両拳を突き出して、同時に縦横の十字に放たれた魔力のエネルギー。

それは、閃光と共に、生徒たちを避けるようにして大地を容易《たやす》く削り取っていき、生徒たちが目を開けた次の瞬間には、巨大な十字架が大地に刻み込まれていたのだった。

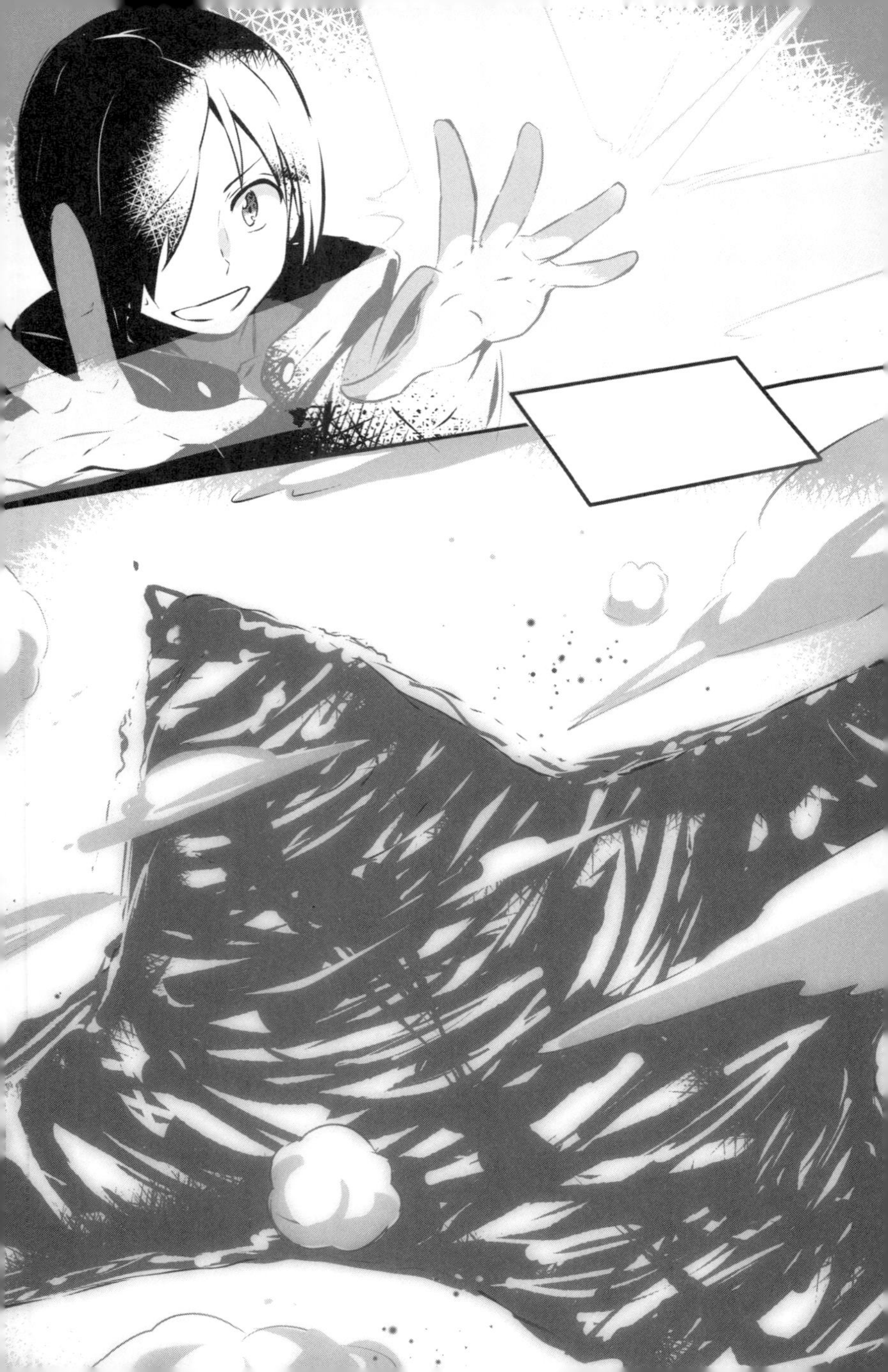

「あっ、あが……そ、な、何が……」

それは、あまりにも桁違いな威力。

もし仮に、今のがわずかでも体に触れていたならば、容易く手足が吹き飛んでいた。正面から受けていれば、肉体は跡形もなく消滅していただろう。

戦闘経験のない学生たちですら、容易く理解してしまうほどの分かりやすい威力。

「僕に……こんな力が……ッ！」

それほどの力を自らの手で放ったことに、チューニは思わず強く拳を握って、興奮を抑えきれないようだった。

「う、ウソよ……な、なんなのこれ？」

「こんなの、みみ、見たことねーよ……」

「アレがチューニ？　うそだ、ウソだ……こんなのあり得るはずがねえ！」

「そうだよ、だ、だって、この魔法、な、なんの魔法か知らないけど……明らかに私たちのメガ級よりも……」

「そんなはずは！　ちゅ、チューニの奴が、め、メガ級の魔法を使うだなんて……」

自分たちの知る最強魔法でもある、メガ級をも上回る威力の魔法。

しかし、そんな力を、ましてやチューニが放ったことを、どうしても認めることのできない生徒たちは、腰を抜かしながらも必死に現実を否定しようとする。

するとと、そこでジオが立ち上がった。

「魔法における最強基準である『メガ級』ってのは、あくまでも『学生』と『一般人』までの話だ」

ジオの言葉に思わず顔を上げた生徒たちに、ジオは、彼らも、そしてチューニ自身も知らなかった衝撃の真実を語る。

「まぁ、俺も軍人になるまで知らなかったが、この世には、メガ級よりもさらに上の『ギガ級』、『テラ級』なんてクラスの魔法が存在するんだ。まぁ、『テラ級以上』なんて使える奴は、世界でも数えるほどしか居ねーだろうがな」

「「「えっ……」」」

「だから、今のチューニの技……えっと、カオスなんたら……えっと……あ～、とりあえず、今のチューニスペシャルは、ギガ級ってところだな。まともに食らえば、俺だって結構ヤバい感じの威力だな」

知らなかった衝撃的な魔法と事実を目の当たりにし、もはや生徒たちは驚きの声すら上げられず、口を開けたまま絶句してしまった。

それは、チューニ自身も同じだった。

だが、１人だけ、まだ現実を認めようとせずに叫んだ者が。

「うそだ……ウソだウソだ！　そんなことが……チューニなんかがそんな……だ、大体、僕たちは選ばれし者たちで……」

先ほどの勇ましさは消え、半裸で腰を抜かして歯をガチガチ鳴らして震えながら、必死に現実を否定しようと呟いているリアジュ。

「ぼ、僕は選ばれた者の中でもさらに選ばれた者！　時代が違えば英雄になり、僕が中心となって誰からも称えられ、そ、そうだ、こんなのあり得るはずがない！　ぼぼぼ、僕は選ばれた存在なんだ！　あんな落ちこぼれが、ぼ、僕より上なはずがない！」

こんなことはあり得ない。あり得るはずがないと、必死に何度も否定する。

だが、そんなリアジュを、ジオは嘲笑した。

「選ばれたって、そもそも誰になんの役割をさせられるために、選ばれたつもりだったんだ？」

「そ、それは……」

「ん……いや……やっぱ選ばれた存在なのかな？　そうそう。お前らは……新たに生まれ変わって旅立つ、チューニの踏み台の役割として選ばれたんだな」

トドメのようなものであった。

爽やかに、端正な顔立ちで微笑んでいたはずのリアジュの表情が、涙と鼻水を入り交じらせて崩壊した。

「チューニ、餞別だ。もう一度、チューニスペシャルを見せてやれ！」

「ちょ、リーダー！　名前名前！　何その技名？　僕の技はもっと……でも、まあ！　リーダーのリクエスト通り、もう一度見せるぐらいなら……」

腰を抜かしているリアジュの前に立ったチューニは、ジオに言われて再び魔力を両手に込めていく。

リアジュにとっては身も凍るような膨大な魔力。先ほど目の当たりにした強大な威力。

「あ、あわわ、あば、あ、あうあ、あ……」

今度は間近で試そうとされたため、リアジュは恐怖のあまり整えられていた金髪がみるみる白く染まり、パラパラと抜けて地面に落ちていく。

「そ、そうだ、チューニくん！　も、もう遊びはこれぐらいにして、皆でパーティーでもしようよ！　ぼ、好きなだけ僕が奢ってあげるよ！　ほら、僕たちは友達だったじゃないか！」

「両拳というより……両腕に力を溜めるようなイメージで……」

「あ、あああ、そ、そうだ！　僕のコレクションの1人で、簡単にヤラせてくれる娘がいて、しょ、紹介してあげるよ！　僕にベタ惚れで、僕に嫌われないためならなんでも言うことを聞く女の子だから！　なんだったら、君にあげるよ！」

「すごい魔力を込めているはずなのに、僕の中にある魔力が減っている気がしない……これ、連発でも打てるかも」

「わ、分かった！　も、もう、アザトーも君にあげるよ！　アザトーなんて、僕のコレクションに加えられたらと思ってただけで、まだつまみ食いもしてないから、君も嬉しいだろ！」

「それに……アレがギガ級？　すごい威力だったけど……多分……もう少し威力も上げられそうだ」

「お。おい、みんなも何やってんだ！　早くみんなで友達のチューニくんに何か言ってあげようよ！　女子も！　そ、そうだ、女子はみんなでチューニくんに、再会のお祝いでヤラせてあげなよ！　そ、それがいい！　は、お、おい、早くしろよおおぉぉお！　早くクサ〇マ〇〇をさっさと出せヨォォぉお！」

気づけば頭髪を失い、失禁してしまうほど壊れてしまっていたリアジュは、それでもどうにかチューニの機嫌を取ろうと、崩壊した笑顔を見せていた。

しかし、チューニの心にはリアジュの言葉など届かない。

チューニはただ、溜め込まれた魔力をもう一度発散するため、今度は十字ではなく、両手を合わせる。

「暁《あかつき》の女神が下す神罰に飲み込まれろ……極光空間消滅砲《オーロラディストーション》！」

空間すら歪ませるほどの濃密に収縮された魔砲撃を、空に向けて放った。

「……えっ……あ……へっ？」

ぐしゃぐしゃになった顔のまま呆然とするリアジュ。

その上空では、チューニの放った魔砲撃によって、辺り一帯の雲が吹き飛んでいた。

雲に遮《さえぎ》られずに太陽の光を全身に浴びるチューニの瞳には、もうリアジュも、クラスメイトも、そしてアザトーも映っていなかった。

今までの、陰鬱な表情と空気ばかり発していたチューニとは打って変わって、生まれ変わったかのように清々《すがすが》しい表情をしていた。

そう、それは、世界に新たなる大魔導士が生まれた瞬間でもあった。

「ハッピーバースデイ、チューニ。そして……ようこそ、ジオパーク冒険団に」

そんなチューニの心境を察してか、ジオがケラケラと笑いながらそう告げると、チューニは少し照れくさそうにしながらも、頷いた。

「まぁ……自分が一番弱いことには変わりないんで、あんまイジメないと約束してくれるなら……入ってもいいんで……まぁ……よろしくお願いしますなんで」

その瞳はもう、過去ではなく、ずっと前を見ていた。

6章　過去との決別

空は雲一つない青空だが、晴れ晴れとした表情をしているのは、4人の男たちだけ。

規格外の力を目の当たりにして打ちのめされた生徒たちは、ただ腰を抜かして動けないままだった。

「さて、んじゃ、行くか」

「ああ」

「おお、待ちくたびれたぞい」

チューニの覚醒と、調子に乗っていた学生たちをへこませるという当初の目的を果たしたジオたちに、もうこの場に居る理由はない。

呆然とする生徒たちを放って立ち上がり、町へ帰ろうとした。

だが、そこで悲鳴が上がる。

「ひいっ？　や、やめ、っ、やだ……ころさ……ないでぇ」

「お願いします！　な、なんでも、お、お金ならパパがいくらでも払うから！　助けてェ！」

ジオたちが立ち上がった瞬間、ずっと呆然としていた生徒たちが一瞬で顔を蒼白にして、パニックを起こし、恐怖で体を震わせながら命乞いを始めた。

「あ？　なんだ～、こいつら？」

「ふむ……自分たちが彼らにヒドイことをすると思っているのだろう」

「カーっ、悲しいわい。こんな童どもの小競り合いで、ワシが凌辱行為を働くと思われておったとは……」

心外な反応に、思わず苦笑するジオたち。

だが、生徒たちにとっては、命に関わる問題として誰もが必死だった。

そして挙句《あげく》の果てに、これまでならあり得なかったことが起こった。

「ちゅ、チューニ……はあ、はあ、た、助けてくれよ、チューニ、なあ！　お、おい、チューニ……くん、チューニくん、なあ！」

「お願いします、た、助けてください、チューニくん！　なんでも、なんでも言うこと聞くから！」

「お、俺はお前をイジメてなんかいねえよ。アレは、リアジュたちがやってたことで、俺は見てただけだからよ！」

「そうよ、ねえ、チューニくん。もし、もし助けてくれたら、私……、ねえ、ねえってば！」

それまで自分たちが何をしていたかも忘れ、ただチューニに助けを求める始末。

助けてくれ。涙を流しながら必死で訴え、這いずりながらチューニにすり寄ろうとする。

最も必死なのは女生徒たちだった。

まだ大人と呼ぶには早く、子供と言うほど幼くはない年齢。

男女間での「そういう知識」も思春期の彼らには備わっており、女の身である自分たちが、魔族のジオやガイゼンに体を弄ばれてしまうのではないかという恐怖が大きいようだった。

魔族と交わるのは死んでも嫌だ。

そんな想いを抱いた少女たちは必死だった。

「チューニくん、い、いいよ？　ねえ、ほら、いいよ？」

チューニに衣類をほとんど吹き飛ばされた生徒たちは、下着はかろうじて身に着けたままだ。

その中で1人の女生徒が急に、手で隠していた自身の乳房をチューニに見せつけるように晒《さら》した。

未だ成長途上の少女たちの中では、それなりに成熟した体と豊満な胸を持つ女生徒は、それを大きく揺らす。

「……ちょ、な、なにを……」

急に色っぽい同級生にすり寄られて、戸惑うチューニ。

「ず、ずるい！　ほら、チューニくん、あの、ね？　ほら、私も……」

「あんた、リアジュくんのことが好きだったんでしょ！　あっち行ってなよ！」

「そ、そんなの昔の話だもん！　もう、どうでもいいよ、あんな人！」

その女生徒の意図を理解した他の女生徒たちも、次々と唇を噛みしめながらチューニにすり寄ろうとする。

その意味は一つ。

自分のことを好きにしていいから、助けてくれ。

まさに、女子ならではの行為だった。

「くそ、女子どもが……俺らはどうすりゃ……ん？」

一方で、それができない男子たちは、自分が助かるための手段を必死に考え、その矛先は、なんとリアジュに向いた。

「そ、そうだ！　おい、チューニ！　ほら、お前をイジメてたのはこいつだよな！」

「へぶっ？」

ある男子生徒の1人が、廃人のようになったリアジュを蹴り飛ばしたのだ。

「お、俺ら、こんな奴と友達じゃねえ！　つか、チューニくんに色々とちょっかい出してたのは、全部こいつの指示なんだよ！」

「ああ、僕たちは関係ないんだ！　むしろ、僕は可哀想だな〜、ってずっと思ってたんだ！」

自分たちはリアジュと関係ない。そう証明するかのように、次から次へと男子たちは動かないリアジュを踏みつけていく。

それは、これ以上は本当に何もする気はなかったジオたちですら、不愉快に感じてしまう光景だった。

「おい、クソガキども……俺らは別に――」

あまりにも見るに堪えない光景に、ジオが前へ出ようとした。

だが、その前にチューニが出た。

「ほんと……気持ち悪いんで」

「「「ッッ？」」」

「せっかく清々しくなっていた心も魂も、穢《けが》れるんで。色仕かけされても気持ち悪いだけだし、リアジュをボコボコにされたって気分悪いだけなんで……なんかもうほんとやめてほしいんで」

ジオが何かを言う前に、チューニが自分に纏わりつく女生徒たちを振り払って、冷たくそう言い放った。

「僕にとってはもう、みんなのことなんてどうでもいい話なんで。だから、ほんと、これ以上関わるのやめてほしいんで」

そもそももう自分には関わるなと、拒絶の言葉を吐き捨てたのだった。

そんなチューニの完全な拒絶の態度を見て、自分たちは殺されるのではないかと、絶望に満ちた表情で震える生徒たち。

だが、そんな生徒たちの中で1人だけは違った。

「チューニくん……」

「………」

「……チューニくんがこんなに強かったって知らなかったです……」

「……そう……まぁ、僕も知らなかったんで……」

「そうですか……」

誰もが助けを懇願する中で、ただ離れて、何も言葉を発していなかったアザトーが、気まずそうな表情でチューニに尋ねた。

「……やっぱり……私たちのことは許せません……よね？」

その瞬間、チューニの肩がわずかに揺れたことを、ジオたちは見逃さなかった。

「私もチューニくんがイジメられてるの知ってて……味方になりたかったけど、私がみんなにイジメられたり、からかわれたりするのが嫌だとか臆病で……みんなにチューニくんのことをどう思っているのか聞かれた時も、私は……恥ずかしがって嘘ばっか言って……でも、私は本当はずっと……謝りたくて……」

アザトーの瞳が潤み始めていた。言葉の端々には、後悔の念が込められているようだった。

だが、その全てを言い終わる前に、チューニはアザトーの言葉に己の言葉を被せた。

「ウソでも本当でも、もうぶり返したくないから関わらないでほしいって言ってるんで。もう何も言わないでほしいんで」

「ッ？」

懺悔《ざんげ》のようなアザトーの告白を断ち切った。

「最初はリーダーたちに……無理やり入れられて、正直どう逃げるかしか考えてなかったのに……リーダーたちは自分でも知らなかった僕の秘密をたった1日で解き明かして……それでいて、対等に接してくれている……」

「……チューニくん……」

「嫌うとか、中途半端に好かれたり同情されたりとかじゃなく……僕は3人のついでついていく存在じゃなくて……4人のうちの1人なんだって……そう感じさせてくれるから……あの人たちについていけば、僕ももっと新しいものが見られると思ってるんで……」

それは、これまでひねくれた考えや、ネガティブな言葉ばかりしか発していなかったチューニが初めて見せる、心からの本音のようであり、そして……。

「だから、今さらゴメンとか言われてもどうしようもないし、せめて悪いと思っているなら、もう僕の人生に関わらないでほしいんで」

そして、完全なる拒絶。

イジメていた者たちへの報復も、今の見苦しいクラスメイトたちに対しても、もうこれ以上チューニは何もしようとは思わない。

だから、自分には関わるな。

その言葉を聞いて、アザトーは足元からガクガク震えて、言葉を失い、何か言いたいことがあるのだろうが、それも言えないでいる。

そして、ジオは、チューニの言葉に少しだけ胸を突かれた。

「もう、自分の人生に関わるな……か」

チューニの発した言葉は、まさに自分が、ティアナたちに告げた拒絶と訣別の言葉と同じだった。

そのことになぜか笑ってしまいそうになりながらも、ジオは頷いた。

「そうだ。もう俺たちは、自分の意志で過去を断ち切って、新しい人生を始めようとしているんだ。断ち切った相手の方から都合よく寄って来られても、迷惑なんだよ」

ジオだけじゃない。ガイゼンも、マシンも、それぞれ重い過去があったのかもしれないが、自分たちはそれを掘り返そうとしない。

なぜなら、自分たちはもう過去を断ち切って、新しい人生を歩もうとしているからだ。

どれだけ謝罪されようと、関係ない。

どれだけ想いを告げられようと、関係ない。

自分たちはもう、これからどうするかを決めているのだから。

だから、未練もない。


「だから……邪魔をするんじゃねぇよ…………アルマ姫」

――――？


ジオがそう発した瞬間、辺り一帯を禍々しい空気が包み込んだ。

「ぬっ？」

「なんだ？」

ガイゼンとマシンすらも表情が変わった。

自分たちではない何者かが、チューニの作り出した空気を飲み込んだ。

「あっ……あぁ！」

「ッ、あ、あの方はッ！」

それは、絶望に染まっていた生徒たちにとっては希望の光であった。

「ぁあぁぁ……ジオォ……こんなところにいたのか……私たちのジオォ……」

この場から立ち去ろうとしていたジオたちの背後に、鬼気迫る笑みを浮かべた海の女帝が立っていた。

その存在に気づいたジオは、振り返らぬまま告げる。

「ガイゼン……マシン……チューニ。先に町に戻って、旅の準備や船なんかも用意しておいてくれ。俺も……過去を完全に断ち切ってから、すぐに行くからよ」

チューニのように、今、この場で全てを断ち切ってから航海へ出ることを、ジオは誓った。

◆◇◆◇◆

「た、助けてください、アルマ姫ぇ！　こ、こいつら、僕たちをこんな目に遭わせたんだ！」

「よかっ、た……よかったよォ……」

「アルマ姫が来てくれた……」

その女の存在に、窮地に立たされていた生徒たちは安堵の表情を浮かべていた。

「あ～あ……来ちゃったよ」

そして、ジオは複雑な気持ちで苦笑した。

ソレは断ち切る過去として、既に心に決めていたジオ。

しかし、いざ振り返って目の前の女を見た瞬間、思わず体が震えた。

「ジオォ……やはり、運命だ……お前ともう一度会うことができた。私のジオォ……私たちだけのジオォ……」

3年ぶりの再会。かつては、上官でもあり、主君でもあり、そして男と女として過ごした時もあった。

しかし、3年でこうも変わってしまうのかと、ジオはアルマから発する『歪み』のようなものに苦笑した。

「リーダー……こ、この人は……」

「……できるな……」

「ほうほう……別嬪《べっぴん》じゃが、痛々しい空気じゃぁ……何者じゃ？」

現れたアルマの異常性に、流石のチューニたちもただ事でない雰囲気を察している。

そして、アルマ自身が発する空気や、強烈なオーラは、チューニの同級生たちとは比較にならないほどのものだと3人とも感じ取っていた。

「すぐに行く。だから、先に行ってろ」

ジオの答えは変わらない。目の前のアルマの瞳が明らかに尋常でなかったとしても、「自分にはもうどうでもいいこと」と割り切ろうとしているからだ。

「はあ、はあ、はあ、はあ……行く？　どこへ行くのだ？　ジオ。行くではなくて、帰るだろ？　そう、お前は私と一緒に帰るんだ。お前の居場所へと」

既に冷静さを失い、過呼吸になるほど息を乱しているアルマ。

その視界には、魔族のガイゼンや、マシンやチューニ、服を乱して半裸状態の生徒たちすら入っていない。

「お、おい、どういうことだ？」

「アルマ姫……あの魔族と……お知り合い？」

「どういう関係なの？」

帝国の姫として、帝国海軍提督として、そして未来ある若者たちを守る警護の者としての立場など、今のアルマの頭には一切ない。

ただの、愛に惑乱した1人の女として、ジオだけしか瞳と頭の中に存在していなかった。

「俺の居場所はこれから見つけるんだよ、アルマ姫。そしてその場所は帝国にはねーんだよ」

「ん？　ああ、分かっている。分かっているさ、ジオ。お前が私たちにそういう態度を取るのも無理はない。当たり前のことだ。私自身、どれだけお前に許されないことをしてしまったのか、よく分かっているさ」

ジオが冷たく言い放つも、アルマは全てを分かっていると頷いた。

「お前が魔族化して失った部位が再生したのは聞いているが、それでも私がお前から奪ったものは変わらない。だから、お前にしてしまった過ちと同じ分だけ、私を切り刻んで構わない。いや、それぐらいされないと私の気が済まない」

この場にいる誰よりも地位の高い存在であるはずのアルマが、人前で片膝をついて、己の腰に帯剣していたサーベルをジオに差し出した。

「百万回の謝罪と後悔と共に、私にもまた思う存分罰を与えてくれ、ジオ。その贖いの果てで、私はまたお前と始めたい」

アルマの言葉に、ジオは少なからず動揺してしまった。

なぜならば、アルマの言葉はすべて嘘偽りなく本心から出ている言葉だと、ジオも理解したからだ。

常軌を逸するほどに罪を意識し、贖おうとするアルマ。

歪みや惑乱は感じるものの、それもまた全て愛ゆえのこと。

「また、始めるだと？　俺と何を始められると思ってんだよ」

しかし、それを受け入れることなどできるはずがない。

もう一度やり直せるはずなどない。そういう意味も込めてジオが言葉を返すが、アルマは揺るがない。

「文字通りの意味だ。失った3年間を取り戻すほどの……お前に安らぎと幸せと愛を与えてやりたい」

「……」

「今はまだお前が私たちを許せないのは分かっている。だからこそ、お前が苦しんだ地獄の分、今度はいかなるものが立ちはだかろうと、お前を幸せにしてみせる！　私はそう決めた。勿論《もちろん》、私だけではない。お前を愛する女たちがどれだけ居たか……分かっているだろう？」

自分を愛してくれた女たち。自惚れではなく、間違いなく自分を慕ってくれた女たちの顔がジオの脳裏によみがえる。

「私も、ティアナも、帝国の仲間たちも……これからの人生はお前だけのために生き、お前だけのために戦い、お前だけを愛し、お前だけを見て、お前だけにしか心も体も開かない。大魔王を倒した私たちの次の人生は、もうそれだけでいい」

「あんた……何言ってんのか分かってんのか？」

「勿論だ。いつも血まみれになりながらも戦ったお前に……正義と帝国のために戦い続け、我らの英雄ともなったはずのお前に……私たちは何があっても償ってみせる。そして、そのために世界を変えることも考えているんだ！　私の計画ならば、お前が必ず幸せになれる世界を築くことができる！」

歪んだ瞳のまま笑みを浮かべるアルマは、興奮収まらずに、自身の思い描いた考えを語る。

「とりあえず、ジオ。お前はもう戦うことはやめるんだ」

「……はぁ？」

「平和な時代になったのもそうだが、そもそもお前が七天などという大物を倒したことで、大魔王に目をつけられたのが全ての発端。今後、万が一戦うような事態になっても、私たちが戦い、お前を守る。お前は何もしなくていい」

「お、おいおい……いきなり俺にヒモになれとでも言うのかよ……」

「勿論、仕事はある。お前には、私たちと共に次代を担う子を作るという大切な使命がある。勿論、今の私たちをすぐに抱く気にはならないかもしれないが、私はいつでもどこでも……たとえ今この瞬間であろうとお前を受け入れる」

「……それって、た、種馬……」

「そうだ……スケベなお前に打ってつけだ！」

「ぶぼっ？」

「私がお前を抱いたあの初夜の日のように！　他にも、傲慢なティアナがしてくれる『猫耳にゃんにゃんスリスリ』や――」

「つか、そういう詳細情報出すんじゃねえええええ！　そこに学生のガキどもが居んだろうがッ！」

アルマの予想外のズレた提案内容に、ジオは思わずツッコミを入れた。

本当なら冷たくあしらって拒絶して、関係を断ち切るだけにしたかったのだが、アルマのペースに巻き込まれてしまい、頭が痛くなった。

「リーダー……あんた……やっぱ僕とは違うんで……」

「……乱れた過去だ……」

「ほうほう、色々と気になるわい」

「あ、アルマ姫？」

「本当にあの方……アルマ姫なの？」

チューニたちや学生たちも、目と耳を疑うような展開に思わず引いてしまっている。

「そしてな、お前を庇護《ひご》するための新しい法の改正など、やるべきことは山積みだが、お前は何も心配しなくていい。全部私たちがやる。全部私たちに任せてくれ。これから先、何があろうと、二度と私たちは同じ過ちは繰り返さない。そして、お前のことを幸せにしてみせるさ」

アルマは己の決意を口にして、ジオの傍まで歩み寄って、その頬に手を添えようとした。

だが、その前にジオは深いため息を吐く。

「はぁ～……アルマ姫……俺……本当は……」

「ッ？」

「もう二度と関わらないつもりで……だから、本当ならシカトしたかったが……」

ジオは自分に触れようとするアルマの手を振り払った。

「仮にも繋がりを持ち、色々と気にかけて貰ったりしたこともあった……そんなあんたがここまでして……これだけのことを言わせちまった……だからこそ……こういう状況になった以上、俺もまた、俺の想いをハッキリとあんたに伝えたい」

「ジオッ……お前の……想いっ……そ、それは……」

「俺は……あんたが……あんたたちが……」

アルマが差し伸ばす手の代わりに、自分の今の想いをジオは伝える。

「あんたたちが与えてくれる新しい人生になんの興味もない。それに応えることも一生ねぇ」

「……えっ？」

そのハッキリとしたジオの言葉に、一瞬呆けてしまったアルマだが、すぐに慌てたように苦笑した。

「は、はは、流石だ、ジオ。今の私が傷つく言葉をよく知っている。そうだな。それぐらいの嫌味を言う権利は当然お前にある。しかし、だからこそ、今のお前のその荒んでしまった心を少しでも癒す意味でも、一緒に帰ってくれないか？　お前の帰るべき場所に」

頬に一筋の汗を流して笑って誤魔化そうとするアルマだが、構わずジオは続ける。

「嫌味でも、仕返しでもない。今の俺の紛れもねえ本心さ。もう、俺にとってあんたたちは遠い過去の存在。だから、俺が帝国に戻ることも、あんたたちの想いを受け入れることも、金輪《こんりん》際《ざい》あり得ねぇ」

「わ、分かっている、そ、そう言いたいほどお前が恨んでいるということを！　だが、だからこそ償わせてくれ！　そ、そうだ、ほら、この剣で私の指を斬り落としても構わない！　死ぬほど痛めつけてくれ！」

「だから、償うとか償わねえとか、そういうことじゃねーんだ。どれだけあんたたちに愛されたとしても、もう俺の心は靡かねえ」

ジオの完全なる拒絶の態度に、アルマは取り乱したように焦り出す。

アルマ自身、ジオにどれだけの過ちを犯してしまったかは十分に理解している。

しかし、心のどこかで「償う機会を与えてもらう」ことを前提にしていただけに、償いすらも拒否されたことに激しく動揺を見せた。

「わ、分かっている！　だ、だから、何度でも償わせてくれ！　今は嫌ってくれても構わない！　だ、だから、わ、私たちがお前を愛するということに対して、『無関心』ということだけはやめてくれ！　機会すらも与えてくれないのはやめてくれ！」

「俺は……もう、そんなことに時間を使う気はねぇ。あんたたちがどう言おうと、俺はもうこの地には……帝国にはもう二度と――」

「愛しているんだ！　お前という男に、これ以上ないぐらいに惚れているんだ！　だ、から、お願いだから……恨んでいるのは分かっている！　殺したいほど嫌っているのかもしれない！　でも、せめて……せめて機会だけは与えてくれ！　このまま、私たちを置いてどこかへ行くようなことだけは……頼む！　二度とお前に関われないなど……そんなの、そんなこと……お願いだから……ジオォ……」

償うために生きようとしていたはずが、償う機会すらも与えられない。

それだけは絶対にダメだと、アルマは必死にジオの手を掴んで懇願する。

「なあ、ジオ、ダメなのか？　お前にしてしまった罪を贖いたいと……もう二度とこの愛を失わないと……これからは何があろうとお前を幸せにしたいと……そう思うこと全てをお前はダメだと言うのか？」

しかし、ジオは揺るがない。

「ああ。そもそも、そんなもの、今の俺には必要ないからだ」

再び伸ばされたアルマの手を、再び振り払った。

「確かにかつての俺なら、あんたたちにそこまで想ってもらえて、それで幸せだったかもしれねぇ。だが、もう3年前の俺と今の俺は違っちまってる。あんたらが俺に対して本気で謝罪して償いたいと思ってんのは分かるが……そんなもん、今の俺には重く息苦しいだけで、新しい人生を歩むには鬱陶《うっとう》しいだけなんだよ」

差し伸ばされた手も、謝罪も、愛も、必要ないと払いのけた。

「俺に必要なのは、謝罪でも癒しでも愛でも幸せでもねえ。これからの俺に必要なのは、燻《くすぶ》ったまま溜め込まれた俺の魂を燃やしつくせるような、新しい人生の『生きがい』なんだよ」

ジオの告げる「新しい人生」。そこに、アルマたちはもう含まれていない。

「その『生きがい』を探すため……俺は行く。今がその出発の時なんだよ。だから……俺の前に立ちはだかるんじゃねえよ、アルマ姫。二度も俺の人生を邪魔するんじゃねぇ」

だからこそ、ジオは中途半端にせずに、ハッキリと打ちのめす。

「い、……いやだ！　お、お前は、お前がこれまで積み上げてきたもの、紡いできたもの、お前を愛する者たちを、お前はその全てを捨てて行くというのか？」

「もうそんなもん、全て壊れて遠い昔のことになってんだよ、俺の中ではな」

「認めるかッ！　いやだいやだ！　ようやく悪い夢から覚めて、生きてさえいれば必ずいつかお前に償えると……だからこそ、もう離したくない！　離れたくないんだ！」

「関係ねえよ。そこをどけ。俺は俺の人生を取り戻しに行くんだ」

「いやだいやだいやだ、やめろやめろやめろやめろおおおおお！」

ジオの言葉を受け、アルマは頭を押さえながら、惑乱したかのように叫ぶ。

アルマは膝から崩れ落ち、喚《わめ》き、そして……。

「ハナスモノカ……ハナシテタマルカ……ジオヲウシナウグライナラ……ダレデアロウトユルサナイ……カミデアロウト……コロス……ジオハワタシノモノダ！」

哭《な》いた。

「……アルマ姫……」

そして、この状況を全く理解できずに皆が呆然とする中で、アザトーはジオとアルマのやり取りを目の当たりにして、胸がしめつけられるような悲しい表情を浮かべていた。

ジオの言葉が、彼女自身の胸にも突き刺さったからだ。

しかし、それでもジオは構える。

「邪魔する気か？　なら……せめて……一瞬で終わらせてやるよ」

過去を断ち切るために、闇の瘴気を纏ってアルマを打倒することを告げる。

「やれやれ……リーダーも不器用なもんじゃな」

全身全霊の愛をも拒絶するジオ。

その背中を眺めながら、ガイゼンがため息を吐いて背を向ける。

「行くぞ。さっさと言われた通り、準備に取りかかるぞい」

先に言って旅の準備をしていろ……そのジオの言葉に従うように、ガイゼンは踵を返して町へ戻ろうとする。

「いいのか？」

「さすがに、リーダー、危ないと思うんで……居た方が……」

先ほどの生徒たちとの小競り合いと違い、アルマの力が並みではないことはマシンもチューニも理解している。

だが、そんな2人を嗜《たしな》めるように、ガイゼンは、マシンとチューニと肩を組み、無理やり引っ張って歩き出す。

「いいんじゃ。あれほどの別嬪にあれだけ懇願されて、それでもあやつはワシらと共に行くと言っておるのじゃ。ならば、それでいいじゃろう」

「で、でも、なんというか……」

「ワシらがすべきことは、リーダーの決断や過去の関係についてとやかく言うことではない。これから何をして遊ぼうか？　それだけの関係じゃよ、ワシらなんて」

色々思うところがあったとしても、この件に関しては踏み込む領域ではないと察したガイゼンは、ジオの決断や言葉に異論を唱えることはなかったが、代わりに、どこか痛々しいものを見るかのような視線を送る。

「中途半端に希望を持たせるぐらいなら徹底的にか……つくづくメンドーな男じゃな」

ガイゼンはジオを哀れむように呟いて、チューニとマシンを連れてその場から離れていった。

「ッ、チューニくん！　……チューニ……くん……」

「…………」

「あっ……うっ……チューニ……くん……」

ガイゼンに連れられて立ち去ろうとするチューニに、アザトーが慌てて叫ぶ。

だが、チューニは一瞥もせずに、その場をあとにする。

「あぁ、ここにもおったか。メンドーな男が。どいつもこいつも、もう少し柔らかく生きればよいものを……」

そんなチューニの姿にも、ガイゼンは「やれやれ」とため息を吐いた。

「ジオォ……はあ、はあ、はあ、はあ、ジオォ……」

そして、彼ら3人のことなど、今のアルマにはどうでもよかった。

今はただ目の前のことだけだった。

「行かせないぞ……行かせるものか！　お前はこの場で、私が止めてみせる！」

謝罪し、償うべき相手に対して、力づくという手段に出てしまうほど、アルマは追い詰められていた。

サーベルを抜き、切っ先をジオに向け、その動きを封じるべく一足飛びに間合いを詰める。

「クイーンズファングッ!!」

「うおおっ？」

本来は守られるべき存在の、姫が持つ牙。

一瞬で接近し、繰り出される強力で高速の突きが、ジオの表皮を刻んでいく。

「ジオっ、もう少し耐えてくれ！　この戦いが終わったら私の指と一緒に体も刻んでくれて構わない！　だから、もう少しだけ痛いのに耐えてくれ！」

「ってて っ？」

「何があろうとお前を連れて帰る！　どんな手段を使ってもだ！　ニガスモノカッ！」

精神を激しく乱しても、ジオの動きを封じるべく、冷静にジオの手足を刻んでいこうとするアルマ。

その動き、その力強さ、どれだけ精神を乱しても、体が覚えているように自然と繰り出される突き。

そんなアルマの姿に、ジオは思わず苦笑した。

「つっ、はえーな！　3年前と桁違いだ……」

「ッ？」

「さすがに3年も戦い続け、さらに大魔王をも倒してんだ。俺が知ってる頃からレベルが段違いに上がっててても不思議じゃねえ」

アルマが自分の知っている頃よりも、想像以上に強くなっていることを認めるジオ。

しかし、その言葉にアルマは肩を震わせる。

「私の強さを認めるのに……私たちの愛と謝罪は認めてくれないのか？」

「……っ……」

「本当はお前と共に強くなりたかった。お前と共に戦いたかった。お前と共に大魔王を倒したかった。これは、……こんなことをするために身につけた力ではない！」

目を見張るような凶剣を振るったかと思えば、弱々しい表情で涙を溢れさせるアルマ。

ジオはその姿に胸が締めつけられそうになるが、表情に出さないように必死に堪えた。

「そんなに……そんなに私たちのことが嫌いなのか？　ひょっとして、私たちがお前を抱いた時も……本当は……お前は嫌だったのか？」

「ッ、違っ……ちが……っ……俺は……」

「私は、お前は嫌がっているようでいて、実は照れているだけで、本当は悦んでいると思っていたのに……全部……お前はそもそも私たちのことなど……」

「そ、そうじゃねえ！」

その瞬間、ジオは思わず叫んでしまっていた。

アルマたちのことを好きではなかったのかという問いを、否定した。

そう、本当に想っていたからこそ、つらかった。

「俺だって……抵抗しようとすれば、もっと本気で抵抗して……いや、そりゃ抵抗しようとしても薬を盛られたり、体を縛られたり、足で踏みつけられたりして、結局逃げられなかったけど……ん？　あ、れ？　いや、やっぱ無理か？」

「…………」

「って、そうじゃーなくて……とにかく、それでも……もっと訴えることはできたけど……俺は……流された。そりゃ、俺にも下心があったし、あんたたちに求められるのは役得だと思ったし……本当に……」

本当に、「命を懸けて、この人たちのために戦おうと思った」とは、口が裂けても言うわけにはいかず、その言葉をジオは飲み込んだ。

「でも……」

言葉を飲み込んで代わりに脳裏によみがえるのは、忘れられない悪夢の出来事。

――薄汚い魔族に死の鉄槌を！

記憶と肉体に刻み込まれたトラウマ。

「……っ……」

「……ジオ？」

今でも苦しくなるほど鮮明に思い出せる。

――お前たち地上を脅かす魔族は存在自体が悪だ！　人間様の世界に出てきて空気一つ吸うんじゃねえ！

――陽の光も届かない闇へ落ちろ！　我々人間を欺き、帝国に潜入し、侵略を企てようとする害虫が！

――我ら人間の光の裁きを受けろ！　邪悪な存在を決して許すな！

自分が愛し、自分を愛してくれた者たちの変貌した姿だった。

「あんたたち……俺のこと……『忘れてただけ』だったんだろ？」

「……え？　あ、ああ……」

「俺に関する『記憶を失った』だけで、そりゃあ、情報操作はされてたんだろうけど……『洗脳』されてたわけじゃない……『操られていた』わけじゃねーだろ？」

「……ああ……そうだ……」

「つまり、……そういうことだろ？」

ついジオはかつてのことを思い出してしまったがゆえに、溜め込んでいたものが自然と溢れてしまう。

「あれが……異形に対する……あんたたちの……世間の純粋な声だよ」

「あっ……」

「俺が……将軍でもなく、英雄でもなく……恩義もなければ……平気で痛めつけて、捕らえて、市中を引きずりまわして、大勢で石を投げて、……指を斬り落として、地獄牢に放り込む。そういう人間なんだよ……あんたたちは」

ジオは、人間たちの本心を、身をもって感じ取った。

「ち、ちがっ、違うんだ、ジオ、あ、あの時は、だ、大魔王が、お前を……」

「そんな人間の言うことを……何を信じろって言うんだよ」

ジオがそう告げた瞬間、アルマは剣を落とし、頭を抱えながら地面に突っ伏した。

「アアアアアアアアアッ！　ち、がう！　ちがうっ！　ちがあううう！」

己の頭に自身の爪が食い込んで血が流れ出るほど、アルマは泣きながら叫んだ。

「あの日っ、だ、大魔王の襲撃だ、て、帝国は、何千人以上も死者を出して……誰もが、い、怒りをぶつける相手が必要で……手の届く範囲で、だ、れかに発散させる相手を、こ、くみんは望んで……、そこに、大魔王の腹心という、お、お前がいて、……そ、それは異形だからとか、そ、ういうことじゃなく！　分かってる、言い訳になってない！　言い訳する資格なんてない！　だ、から、償わせて……お願いだ……ジオォ……」

嗚咽《おえつ》しながら弱々しい姿を晒すアルマに、ジオは唇を噛みしめた。

それなりのつき合いだったが、初めて見せるアルマの姿に胸が苦しくなりそうだった。

だが、それでも、歩み寄るようなことはしない。

「結局、俺はあんたたちの本当の姿を知らなかった。それだけだ」

もう、そうやって突き離す手段しか、ジオにはなかった。

「くそ……こんな情けない恨みごとを、嫌味ったらしく女相手に言う気はなかったのによ……分かってんだよ……俺だってもし、あんたたちと同じ立場ならって……でも……もう、何もかもウンザリなんだよ」

「ジオぉ……ジオ、ジオぉ……うっ、ううう、ジオ……」

「将軍の地位も英雄の名誉なんかも、もういらねえ！　俺はもう、なんのしがらみもなく、自分のためだけに生きてえ！　そうやって、これまで『無駄』にした人生を取り戻す！　それだけなんだよ」

ジオは拒絶すると決めた相手に対して、感情を見せてしまったことを悔いる。

弱音のような恨みごとを吐く自分が情けないと思った。

「すま……ない……さい……ごめん……なさい……ジオォ……めん、な……さい……」

こんなアルマに対し、過去を何もかも断ち切って、新しい人生を踏み出したいと言っておきながら、明らかに未練が滲み出ていると自分でも思ってしまった。

「だから……もう、やめようぜ、アルマ姫。これ以上は……俺も何を言っちまうか分からねえ。だから……」

「ッ、……うっ、じ、お？」

「だから、これで最後だ。もう二度と俺の人生の邪魔をするな」

「ッッ？」

「邪魔をするなら、力づくで押し通す！」

だから、もうこれで終わらせてほしい……もう、立ちはだかるな。

「恨んでねえとは言わない。でも、帝国にもあんたたちにも復讐しようとは思わねえ……だから……もう……俺に関わるな」

ジオがそう願うも、全身を震わせたアルマが剣を片手に立ち上がる。

「……やだぁ……いや、だぁ……ジオぉ……」

その姿を見て、ジオはまた苦しくなった。

「ばかやろ……もう……お……そい……んだよ」

もう遅い。今さら何をされても、何を言われても、もうジオの答えは決まっている。

ジオは、今の自分の顔を見られないように俯きながら、纏った禍々しい闇の渦をアルマに向けて放つ。

「なっ、なんだ、こ、これはっ？　ジオから……引き離され……いやだ、やだ、いやだ！　ジオぉぉお！」

それは、気の遠くなるような時間を闇の中で過ごし、闇と一体となるまでに至り、そして闇の魔族として目覚めたジオが身につけた力。

「初めて使うが……最初から使い方が分かっていたみたいに染みついている……」

「ッツ？」

「闇は全てを吸い込み、引き寄せる……だが、俺はその果てで……『引き寄せたくないもの』は『遠ざける』力まで身につけちまったようだ」

「こ、これは……ッ、ま、まさかっ……引力と斥力……」

「俺から離れろぉぉッ！」

勢いを増した闇の渦が、アルマを大きく吹き飛ばす。

本来、徒手空拳での戦闘を得意とするジオは、「一切アルマの体に触れず」に、その存在を遠ざけたのだった。

「……ジ……オ……」

草原に投げ出されたアルマは、それほどダメージはないものの、完全に心が折れてしまったのか、両手で顔を覆いながら、天に向かって泣きじゃくった。

7章　舞台裏での一幕

ジオの要望により、先に港町へ戻ったガイゼンたち。

先に旅の準備をしておいてくれと言われた3人が、一番悩んだのは船の準備だった。さほど金を持っていないので、どうすればいいかと最初は悩んだが、それは簡単に解決した。

「ぬわはははは、船をまるごと貸して貰えるとは気前がよい！」

「へへ、これは先行投資ってやつですぜ」

海に突き出した突堤に停泊している、一隻《せき》の小型帆船。

旗には、『冒険者ギルド・港町エンカウン支部』と書かれ、船の脇で冒険者ギルドの責任者が、揉み手をしながら笑みを浮かべていた。

ギルドが船をまるごと、ジオパーク冒険団に貸し出してくれるというのだった。

「自分たち4人には十分すぎる船だ。有料とはいえ、無期限に借りていいとは……」

当初はジオたちに不快感を抱いていたギルド責任者も、ジオパーク冒険団の規格外のレベルとその将来性を知ってからは、打って変わったように媚《こ》び始めた。

そして、それはギルド責任者だけではない。

「ねえねえ、チューニくん。おねーさんたちと、アイテムショップに行こうよ～。冒険は初めてでしょ？　用意する道具とか薬草とかのアドバイスしちゃう～」

「は、はい……あ、ありがとうございますですなんで……はい……」

ジオパーク冒険団とどうにか関わりを持とうと、他の冒険者たちも旅の準備の手伝いやアドバイスなどを買って出て、周りに集まっていた。

ギルド内でも行われていた善意と下心の混ざり合った厚意は、当初の彼らの態度からするとジオいわく「手のひら返し」であったが、チームとしてまだ新米のジオパーク冒険団に断る理由はなく、ガイゼンたちは、その厚意をありがたく受けることとした。

「あとはアイテムとかの買い出しをして……リーダーの帰りを待つだけかな？」

「そうじゃな。まあ、リーダーの帰りはもう少しかかるかもしれんがな」

「なら、それまでの間に、この帆船を自分が改良しよう」

予想外に早く準備が終わりそうで、一息吐いたチューニたちは地べたに座って海を見た。

「さ～て、どんな怪物が……悪党が……ロマンが待っておるかのう」

「確かに、航海の途中で海獣や海賊に襲われた時のために、船の装備も充実させなければ」

「いや、あの、ロマンはいいけど、怪物と悪党との遭遇だけは本当に勘弁なんで。戦いになったら真っ先に、神様闘神様ガイゼン様に全部お任せしたいんで」

これから旅立つ水平線の彼方を眺めながら、ガイゼンはイキイキとし、マシンはクール、そしてチューニは不安……と、おのおのの反応を見せる。

すると、そんな3人の会話を聞いて、周りの冒険者たちが口を挟んできた。

「大げさではなくて、今も治安は不安定だから、本当に気をつけた方がいいですぜ？」

「そうそう。だから今回も、町に来た学生たちの警護をアルマ姫がしているわけだしね」

「海獣や海賊だけじゃない。人間に恨みを持った魔族とかと遭遇しても不思議じゃない」

「中には、ガラの悪い冒険団とかも居るしね。特に最近は……革命家たちとか」

次々と忠告を挟んでくる冒険者たちは、互いに顔を見合わせて頷いた。

忠告の中に気になる単語が出てきたので、ガイゼンが何気なく聞き返した。

「革命家？　なんじゃそりゃ？」

ガイゼンにはあまり馴染みのなかったものだった。すると、冒険者たちは複雑な表情を浮かべて語り出した。

「今の世の中に不満を持って、国や世界を相手に過激な行動を取る者たちのことですよ」

「ほ～う」

「人魔の戦争は大魔王を倒して終結した。とはいえ、その後の和睦状況に不満を持った連中がいるんですよ。特に、最前線で戦った戦士たちとか、仲間や家族を殺された奴らとか」

説明を聞いて、ガイゼンも納得した。

「なるほど。確かに、ワシら以外にも、暴れ足りない奴らがいても仕方あるまい」

「ええ。一部の軍人とかが徒党を組んで、戦争が終わっても国に戻らずに、連合軍への反逆活動や、賞金の有無に関わらず、地上に住む魔族の討伐活動をしているとか……」

暴れ足りない奴ら――。自分とジオにどこか重なったのか、ガイゼンは苦笑した。

「そういうことで、色々と今は危ない奴らが居るんで、気をつけてください。でも、まぁ……」

言いながらも結局、誰もが顔を見合わせて……。

「「ジオパーク冒険団なら、大丈夫か」」

「ぬわははははは、まっ、それはそれで遭遇すれば楽しそうじゃがな」

「忠告に感謝する。用心を心がけよう」

「いや、ほんと戦いになったら、僕はガイゼンの後ろに隠れるんで！」

と、何が起こっても問題ないだろうと、そういう結論に至って皆が笑い合った。

すると、その時だった。

「な、なんということかね！」

ノンビリと談笑していた一同と異なり、隣の突堤に停泊していた帝国海軍の船から、誰かが慌ただしい声を発しながら、駆け足で降りてきた。

「なんということかね？　それでは、姫様お1人で向かわせたのかね？」

「はい。我々も同行を申し入れたのですが、姫様が今は1人で仕事をさせてほしいと……」

「ばかな。今の姫様をお1人にすることが、どれほど危険か分かっているのかね？」

海軍の軍服に身を包んだ、腰が低く、頭髪は薄く、疲れきったような表情をした中年の男。胸元には勲章が複数つけられているが、やけに皺だらけになってくたびれている軍服がソレを台無しにしている。

「しかし、ホサ大佐。所詮《しょせん》は学生たちの小競り合いです。そんな心配は……」

「いやいや、私が心配なのは……ジオの件で身も心も憔悴しきっている姫様が……暴走して色々とやりすぎてしまわないかが一番心配……そう思わないかね？」

「……そ、それは……」

「あ〜、もう！　怒られるのはいつも私なのに……あ〜、まだギルドとの打ち合わせも終わっていないのに……また、心労で毛が抜けてしまうのではないかね？」

「いや、もう既にハ……いえ、なんでもありません。心中お察しします」

大佐と呼ばれた男と、それを囲む数名の海兵たち。

大佐という階級は軍でも上位の存在であるが、やけにくたびれて疲れ切った中年の男がそう呼ばれるのを見た周囲の者たちは、どこか面白くて、足を止めてその様子を眺めていた。

同時にガイゼンたちは、『大佐』と呼ばれたホサという男の口から、ジオの名前が出てきたことを聞き逃さなかった。

アルマと同様に、ホサもジオの仲間だった者なのだろうとガイゼンたちは察し、そのまま会話を眺めていた。

「しかし、ホサ大佐も働き過ぎです。少し休まれた方が？」

「そういうわけにはいかないと思わないかね？　他国の学生を預かっている以上、万が一のことがあっては……それに、例の『戦士団』の動向も気にならないかね？」

「例の……ああ！　そうですね……だからこそ、陛下もコナーイ将軍ではなく、海軍最強のアルマ姫を派遣されたのでしょうけど……」

「は～、心配だ～……また私の毛が抜けると思わないかね？　……ん？　……あれ？」

「ですから、もう既にハ……？　どうかされましたか？」

その時だった。部下と会話していたホサが、ガイゼンたちの存在に気づき、ジッと見てきたのだった。

いや、正確には、集まるガイゼンたちと、その近くに停泊して出港準備を進めている小型帆船の帆。

「……エンカウン支部のギルドの旗……彼らは冒険者かね？」

「本当ですね……まあ、集まっている者たちの風貌から、そうなのでしょうけど……」

「……そ、それに……人だかりの中に……なんだか、魔族が居るように見えないかね？」

ガイゼンたちのことが気になったのか、まっすぐに向かってくるホサと部下の海兵たち。

その勢いに冒険者たちは思わず背筋がすくみそうになるが、特に悪いことをしているわけでもないので、堂々としてみせる。

そして、ホサが目の前まで近づいた途端、ギルド責任者が真っ先に前へ出た。

「あっ、どうも、帝国海軍のホサ大佐ですね。私は、この町の冒険者ギルドの責任者です」

「おお、あなたがそうかね。いやいや、どうも初めまして。私は帝国海軍大佐のホサ。ホサ・カチョーウ。今回は、学生たちの学習の場を提供していただき、ありがとうございます」

「いえいえ、未来の大魔導士たちの学びの場となるのであれば、光栄なことです」

低い腰をさらに曲げて、丁寧な挨拶をして畏《かしこ》まるホサ。その態度に、一同は少し狼狽えると同時に苦笑してしまった。

なぜなら、その未来の大魔導士たちが今頃どうなっていることかと、皆がガイゼンたちを流し見て、そう思ったからだ。

「で、えーと、そちらの皆さんも冒険者かね？」

頭を上げたホサは、中心で地べたに座っているガイゼンたちを見ながら、集まっていた冒険者たちに尋ねた。

「ええ。今日は、新たに冒険団を結成したこの旦那たちが海に出るんで、その準備を……」

すると、ガイゼンが地べたに座りながら、ニタリと笑みを浮かべてホサに問う。

「ぬわははは。魔族が人間様の世界を冒険するなんて、不服かのう？」

少しだけ圧を込めて尋ねるガイゼン。思わずホサや海兵たちが、その迫力に押されて後ずさりしてしまう。

今の一瞬だけで、ガイゼンがただ者ではないことをホサたちも察したようだ。しかしホサは、すぐに姿勢を戻し、申し訳なさそうな表情をして頭を下げた。

「そんなことはない。不快な気持ちにさせてしまったのなら、許してもらえないかね？」

「ん？」

「既に戦争も終わり、新しい法律も出来ている。魔族が冒険者になるのは、世界的に許されていること。当然の権利じゃないかね？」

思わぬホサの低姿勢な対応に、ガイゼンたちも少し驚いてしまった。

「随分と物分かりがよい軍人ではないか。魔族など毛嫌いしていると思ったが」

「とんでもない！　確かに人間と魔族は、戦争では命を懸けて殺し合いをした……憎い魔族も居るが……それはお互い様だとは思わないかね？」

「ぬっ……むぅ……まぁ……のう。ぬわははは、これは一本取られたわい」

ホサのその態度はパフォーマンスではなく、本心からの行動であることをガイゼンも感じ取り、それ以上言うことはなかった。

それどころかホサは、より一層複雑そうな表情を見せる。

「それに、魔族の中には……いいえ、魔族の血を引く者の中には……不器用だけど、熱くて、仲間想いで、努力家で……人の言うことを聞かないし、敬語も満足にできない大馬鹿者だが……強い信念を持って誰よりも勇敢に戦う者が居ると……私は知っている……」

ホサが見せる、自分を責め、後悔や悲しみを入り交じらせた表情と言葉。周りの海兵たちも心当たりがあるのか、神妙な顔になった。

そしてその瞬間、ガイゼン、マシン、チューニはハッとなり、ホサが何を言っているのかを察した。

ホサが語る「魔族の血を引く者」が、一体誰のことを言っているのかを。

「そうか……。色々と……ウヌはハゲる悩みを抱えておるな」

「えっ？　そうかね？　最近は、いっそのこと潔く全部剃《そ》ろうかとも思って……」

「ぬわははは、それはよい。その方が、男前だと思うぞ！」

ガイゼンはそう言って豪快に笑いながら、ホサに対して温かい眼差しを送った。

「おっと、こうしている場合ではなかった……では、私はこれで。道中お気をつけて」

「うむ、かたじけない」

そして、ホサはそこで話を終え、ガイゼンたちに頭を下げて踵を返す。

その哀愁漂う背中にガイゼンたちは色々と感じながら、見送ろうとした。

だが、その時だった。

「ん？　……なんじゃぁ？」

ホサの背中と、その向こうにある海を眺めていたガイゼンが、何かに気づいた。

それは、港に近づいてくる一隻の大型帆船。

だが、この町は船の出入りが多い港町ゆえに、船が来ること自体は珍しくない。

しかし、近づく帆船から異様な空気を感じて、ガイゼンは眉を顰めた。

「ん～……200人ぐらいか……一般人ではなさそうじゃな……」

港に近づいてくる船をジッと眺めるガイゼン。チューニはなんのことか理解できなかったが、
マシンは何かを察して立ち上がり、船をジッと見つめた。

「確かに、そのぐらいの気配を感じる」

「えっ？　マシンも何？　どうしたの？」

その巨大な船の帆には、派手で様々な色が使われた縦線の入った旗。

すると、その船の存在に気づいた他の冒険者たちも、一斉に声を上げる。

「……あの旗！……あれは、『カラフル戦士団』！」

「本当だ……初めて見る……。なんで、大戦で活躍したエリート戦士団がここに？」

その戦士団の名に、ガイゼンとマシンは首を傾げる。

だが、チューニだけは、興奮したように立ち上がって目を輝かせた。

「か、カラフル戦士団！　聞いたことあるんで！　人魔の大戦でも名を馳せた、連合軍に所属していた部隊の一つ！」

子供のように憧れの眼差しを見せるチューニ。

町の他の住民たちも、騒ぎを聞きつけて港へ集まりだした。

「カラフル戦士団……なのかね？」

すると、立ち去ろうとしていたホサが立ち止まり、驚愕の声を上げた。

それは、名を馳せた者たちが現れたことに対する驚きだけではなく、どこか緊迫した雰囲気が、ホサから発せられていることに誰もが気づいた。

そして、震えた唇でホサが発する次の一言に、一気に場が騒然となる。

「革命家の行動容疑をかけられたまま、行方をくらませていた……連中がなぜ！」

ホサの口から出た、『革命家』という言葉。

それは、まさについ先ほど冒険者たちが話した、今の世を脅かす人間たちのことである。

「カ、カラフル戦士団が、か、革命家に？　おいおい、そんな話は聞いてないぞ！」

「それに、カラフル戦士団て……『あいつ』がもともと所属していた……」

冒険者たちが次々と動揺し始める。すると、その状況の中で、カシャカシャと音を立てて誰かが港へ駆けつけてきた。

それは、全身を銀の甲冑に身を包んだ1人の剣士。

「はあ、はあ、はあ……カラフル戦士団……な、なぜ……」

息を切らして駆けつけてきたのは、ガイゼンたちも見知った人物。

「「シルバーシルバーッ！」」

元連合軍に所属していた凄腕エリートの人物と言われていたが、ジオパーク冒険団のレベルの前にへこんでいた男であった。

「堤防に着けろ！　錨《いかり》を下ろせぇ！」

大型帆船が港に到着し、ジオパーク冒険団が借りる予定の小型帆船の隣に着けられる。

足場が船から降ろされ、その瞬間、赤や青や黄など、それこそ色々な色の甲冑を纏った者たちが次々と降りてきた。

「なんじゃぁ？　なんか変なことが起きそうじゃな」

「確かに、ただ事ではなさそうだ」

「なんで？　革命？　なにそれ？」

何かが起きようとしている。ガイゼンは少しだけ楽しそうに笑みを浮かべ、マシンはただクールに待ち構え、チューニはコソコソとガイゼンの後ろに隠れて様子を窺う。

港にいきなり乗り込んできた、武装した戦士たち。

誰もが堅気《かたぎ》とは一線を画した雰囲気を醸し出し、港には一瞬で緊張感が漂った。

そして、その緊張を破ったのはシルバーシルバーであった。

「なぜ、ここに来た、お前たち！」

ギルドでは落ち着いた印象だったシルバーシルバーが、激しく取り乱したかのように声を荒げると、ズラリと並ぶ数百人の戦士たちの中から3人の男が前へ出た。

「これは驚いた。意外な人物が偶然にもこの地に居るとはな。久しいな、シルバーシルバー」

全身を黄金一色に染めた派手な鎧《よろい》を纏い、剣も黄金、金色の髭と髪を靡かせた強面《こわもて》の男。

「これは偶然。しかし運命。革命の舞台に役者集うは、神の天命。シルバーシルバー先輩」

全身を覆う銅色のフードとローブに包まれて、素顔も見せずにブツブツと呟く男。

「シルバーシルバーの兄者《あにじゃ》ァ！　ふひっはー！　うっれしーじゃねーのぉ！」

下穿き以外の素肌を晒し、鋼鉄のように鍛え抜かれた筋肉を見せつける巨漢の男。

数百人の戦士たちの中でも明らかに異質な3人を前に、シルバーシルバーは呟く。

「ゴールドゴールド……ブロンズブロンズ……アイロンアイロン……。なぜだ？」

あまりにも真剣に、その名を呟くシルバーシルバーの様子。さらにはそのネーミングから、ただの顔見知りではないということを、この場に居た者たち全員が察した。

そして、状況に全くついていけないガイゼンたちは、同時に首を傾げた。

「だから、なんで二回、色の名前を呼ぶのじゃ？　ものすごい、マヌケじゃぞ？」

「カラフル……それこそ色々……イロイロ……だから、色を二回呼ぶのではないのか？」

「あの、マシン……そんな真剣に考えることでもないと思うんで。……でも、あのゴールドゴールドは、僕でも名前は聞いたことあるんで……本物だ～……」

どうでもいいことを気にするガイゼン。そのことにツッコミを入れながら、チューニはゴールドゴールドの名前を聞いて、少し身を乗り出した。

「つれない態度を取るな、シルバーシルバー。ついこの間まで、同じ戦士団……カラフル戦士団の最強4戦士にのみ与えられる、メダルの称号を持つ1人だったではないか」

そう言って、黄金の丸いメダルを前に出すゴールドゴールド。それに続いて、他2人の男も銅色のメダル、そして鉄のメダルを前に出した。

メダルを差し出され、シルバーシルバーの甲冑の奥から、言葉を詰まらせたような音が聞こえた。

すると、1人の男が前へ出た。

「どういうことかね……ゴールドゴールド……」

それは、ホサであった。そしてホサの姿を見たゴールドゴールドは、どこか小馬鹿にしたように鼻で笑い出した。

「これはこれは……ホサ大佐……相変わらず眩しい頭が光っておいでだな」

「そんなことより、どういうつもりかね！　終戦後に連合軍の武器庫から大量の武器を盗み、捕虜となっていた魔族たちを虐殺したのはお前たちではないのかね！」

怒鳴りながらホサが告げた物騒な言葉を聞き、集まっていた冒険者たちや町の住民たちに動揺が走る。

すると、ゴールドゴールドは途端に鋭い目つきを見せて、怒気を全身から発した。

「むしろ、なぜ、我らの行動を咎《とが》める？　半端に戦争を終わらせた腑抜けた軍人どもから使われなくなった武器を貰い、存在するだけで害悪の魔族を始末して何が悪い！」

空気が弾けた。その怒りの威圧は、一般人どころか、並みの冒険者たちでは腰を抜かしてしまうほどのものであった。

「戦争は終わった？　終わってなどいるものか！　何が和睦だ！　我々の命懸けの戦を虚仮《こけ》にするにもほどがある！　我々はなんのために戦い……なんのために多くの同胞が死に……なんのために……だからこそ我らは立ち上がった！」

ゴールドゴールドが言い、つき従う他の戦士たちも同様の表情をして頷く。

戦争の結末や魔族に対する嫌悪感と憤りを、全面に出してぶちまけるように吼える。

「シルバーシルバー……お前は同意せずに1人反対し、そして我らの元を離れたが……どうだ？　意地を張らず、我らの元に戻って、再び共に暴れようではないか」

ゴールドゴールドが、シルバーシルバーに手を差し出す。そのやり取りに周りの者たちが緊張する中、シルバーシルバーは顔を俯かせながら尋ねる。

「それより……なぜ、この地に来た？　何か理由が……」

そもそも、何をしに来たのか？　それは、唐突に現れたカラフル戦士団に対して、誰もが疑問に思っていたことであった。

すると、ゴールドゴールドはホサに、そして帝国の船に視線を向けながら告げる。

「ミルフィッシュ王国の貴族の子たちが、呑気《のんき》に遊びに来ているようではないか」

「……ッ！」

「これから再び戦争を行うには兵力、武器……そして、他に何が必要なのか分かるな?」

ゴールドゴールドが冷たく言い放った言葉に、シルバーシルバーとホサは震え上がった。

「警護が途中でアルマ姫に代わったのは予想外だったが……莫大な軍資金と外交カードを得るための千載一遇《せんざいいちぐう》のチャンス! それを逃すわけにはいかない!」

次の瞬間、数百人のカラフル戦士団たちが即座に身構えた。その姿はまさに、戦場で突撃の号令を待つ戦士たちそのもの。

「お、お前たちは、ミルフィッシュ王国の学生たちを利用し……そ、そして、王国だけではなく、それを警護する帝国にまで牙を向けるつもりか!」

「ばかな! お前たちは、自分たちが何をしようとしているのか、理解しているのかね?」

シルバーシルバーとホサはゴールドゴールドたちの目的を知り、声を荒げるが、ゴールドゴールドもその後ろに控えるカラフル戦士団も、瞳には一切の揺らぎはない。

「今の世で莫大な軍資金を手っ取り早く手にするには、この方法しかない!」

「ふざけ……やめろ、そんなことをしてどうなるというのかね!」

「黙れ! 日和《ひよ》ったヘボ軍人め!」

次の瞬間、ゴールドゴールドに掴みかかろうとしたホサの腹部に、強烈な拳の一撃が叩き込まれた。

黄金のナックルが装着されたその拳は、一撃でホサを悶絶させて、地に平伏《ひれふ》させた。

「ホサ大佐ッ！」

ついに、ゴールドゴールドの手が先に出た。港は騒然として、悲鳴が一斉に上がる。

「ぐっ、うぐっ……ゴールドゴールド……ま、待……」

「一撃で骨を粉砕されたか。脆い軍人め。アルマ姫との戦いの前の準備運動にもならん」

倒れたホサはうめき声を上げながら、必死に這ってゴールドゴールドの足にしがみつく。

だが、非情にもゴールドゴールドはその足でホサの頭を踏みつけた。

「そこで見ていろ。魔族を根絶やしにすることこそが、我らの天命だ！　そのためなら、非道と言われようとも……人類の未来のためならば！　もう我らは止まれぬ！」

もう止まれないと叫びながら、ゴールドゴールドが手を上げる。それはまさに突撃の合図。

思わぬ事態に、町の住民たちからは戸惑いと悲鳴が上がり、冒険者たちもこの事態をどうすればいいのか分からずに呆然とするしかなかった。

しかし、それでも1人だけ抗う者が居た。

「う……お、お前は自分勝手だと思わないのかね！　魔族がなんだというのかね？」

ゴールドゴールドの足にしがみついていたホサが、這い上がってゴールドゴールドに掴みかかり、涙を流しながら叫んだ。

「お前たちは、１人でも魔族の血を引く者と、真剣に向き合ったことはないのかね！　ただ、異形というだけで……差別し、罵倒し、痛めつけ、石を投げ、それがどれほど醜い行為かも自覚できない者たちこそ、我々人間だとは思わないのかね？　ただ魔族というだけで……誰よりも熱く勇敢だったあのバカを傷つけた我々に……そして、向き合おうとしないお前たちに、世界も正義も語る資格はないと思わないのかね？　我々のような人間が居るから！　お前たちのような人間が居るから！　あいつはッ！」

ホサの決死の叫び。その意味を、この場に居た者たちはほとんどが理解できなかった。

唯一理解できたのは、ハッとした表情を浮かべる海兵たち。

そして、３人の冒険者だけだった。

「わけの分からぬことを。もう、いい加減に――」

そして、ゴールドゴールドが再び拳を振り上げて、ホサを叩きのめそうとした瞬間、１人の男が声を発した。

「頭以上に熱く輝いておるのぉ……ハゲよ。対して、金メッキの男は、すこぶるつまらん」

そう呟かれた一言に、場の空気が一瞬で変わった。

「ワシらと同じように、まだ暴れ足りぬと燻った想いを抱えているようで、少し興味深かったが……興味も失せた」

その言葉に誰もが振り向くと、そこには肩肘をつきながら地べたに寝そべっているガイゼンが、心底つまらなそうな表情をしていた。

「……魔族……ッ！」

ガイゼンが魔族であることに気づいたゴールドゴールドやカラフル戦士団は、殺気を剥き出しにする。

「……げっ……あ、お、おい、ゴールドゴールド……そ、その人は……」

そして、シルバーシルバーはガイゼンの姿を見て、すっかり怯えたように後ずさりしてしまうが、ゴールドゴールドたちはそのことに気づかずに、ただガイゼンを睨みつけた。

「魔族がこんなところで何をしている？」

「ん？　これから冒険に出るから、その準備じゃ」

「なに？　……冒険？」

「ワシは……というか、ワシらは新米冒険団でな。これから、船で世界へ遊びに行くのじゃ」

冒険団として世界に遊びに行く。そう告げたガイゼンの言葉に一瞬面食らったゴールドゴールドだったが、次の瞬間には纏わりついていたホサを突き放し、そして大声で笑った。

「なんという……これが笑わずにいられるか！　魔族が存在するだけでも不快だというのに、冒険者として世界をうろつくなど……ハハハハハハ！　……ふざけるのも、大概《たいがい》にしろ！」

町中に響き渡るほどの怒鳴り声を上げたゴールドゴールドは、その勢いのまま手を翳《かざ》す。

すると、黄金のナックルに包まれた腕が変化し、次の瞬間にはその腕に巨大な黄金のハンマーが出現した。

「き、金が変化した！　そ、そういえば、ゴールドゴールドって……錬金術を使えるとか……」

力を見せるゴールドゴールド。

しかし、驚くのはチューニと周囲だけで、ガイゼンは欠伸《あくび》をして、マシンは変わらず冷静。

だが、次の瞬間、その2人も顔色が変わることになる。

「世界に旅立たせなどさせぬ！　貴様らはここで殲滅《せんめつ》するッ！」

巨大な黄金のハンマーを掲げたゴールドゴールドが、それをジオパーク冒険団が借りる予定だった船に叩きつけたのだった。

その行動に関しては、ガイゼンも目を見開いて口を半開きし、マシンは目を瞑《つむ》って頭を抱え、チューニやシルバーシルバーや冒険者たちは顔を蒼白にさせたのだった。

「あっ……ワシらの……船が……」

ショックを受け、ヨロヨロと立ち上がって、大破した船を呆然と眺めるガイゼン。

その静けさに、ガイゼンのレベルを知る者たちは、体の震えが止まらなかった。

「あ、あいつ……な、なんてことを……」

「こ、殺されるぞ……」

船を一撃で大破させた破壊力に驚くのではなく、これからの旅を楽しみにしていたガイゼンの目の前で船を叩き壊すという所業に、気づけばチューニも他の冒険者たちも、徐々にその場から後ずさりする。

しかし、まだ自分のやったことがどれほどのことかも気づいていないゴールドゴールドは、再び手を掲げて号令をかける。

「さあ、お前たち！　革命の第一歩だ！」

「「「オオオオオッ！」」」

その言葉を待っていたと、カラフル戦士団がそれぞれの腰や背中に携《たずさ》えていた武器を抜き出そうとした。

だが……。

「えっ？　俺の剣が……アレ？」

「ど、どこに？　俺の槍が！」

なんと、武器を抜こうとした戦士たちだったが、自分たちが装備していた武器がなくなっていることに気づいた。しかも、全員である。

その予想外の事態に慌て出す戦士たちに対し、いつの間にか両手両脇に大量の剣や槍を抱えていた男が呟いた。

「武器は取らせてもらった。そして、早急な謝罪を推奨しよう」

「「「えっ？」」」

「もし、本気でこの男が暴れたのなら、自分でも止めようがない」

戦士たちが持っていたはずの武器を、いつの間にか奪い取っていたマシン。

そのことに誰も気づかず、そして未だに何が起こっているのか誰も分からなかった。

「な、ど、どういうことだ？　な、なにが？」

「これビックリ。なんの魔法？　理解不能。油断大敵」

「何者だテメエ！　ッ、兄者たち、ここは俺様に！　ういっはーっ！」

ゴールドゴールド、そして戦士団の中でも強者と思われるブロンズブロンズとアイロンアイロンと呼ばれた2人も、何があったのか理解できていない。

しかし、マシンをただ者ではないと察知し、筋肉質のアイロンアイロンが駆け出して、その剛腕をマシンに向けて放つ。

「ういっはー！　くらえい、俺様の鋼鉄剛腕《ごうわん》の破壊力！」

「……言っても分からぬか……仕方ない……少しだけ戦力を削《そ》ごう」

向かってくるアイロンアイロンに対し、ため息を吐いたマシンは、そのまま避けることもせず、待ち構えてアイロンアイロンの拳を正面から受けた。

マシンの細身の体に突き立てられたその拳で、何かが砕かれる音がした。

「へ、へへ……ぬっ、ぬぐおおお！　い、いって、こ、拳が、く、砕け……俺様の拳が！」

そして次の瞬間には、アイロンアイロンは拳を押さえながらその場でのたうち回った。

ただ突っ立っていただけのマシンを殴り、殴った方がダメージを負う。

そのあり得ない事態に、カラフル戦士団たちの間で動揺が走る中、マシンは静かにアイロンアイロンを見下ろす。

「確かに鍛え抜かれた見事なパワーだ。しかし、鉄も鍛錬の仕方によって強度に差が出る。お前の強度は残念ながら自分に及ばない。それだけのこと」

マシンは何もしていない。ただ、マシンの肉体の強度がアイロンアイロンよりも強かっただけのこと。

しかし、そのことに納得できないのか、アイロンアイロンは砕けた拳を押さえたまま立ち上がり、歯を食いしばる。

「ういっはー！　わけ分からねえことを！　俺様の力がお前より劣る？　ふざけるな！」

「……懲りぬか……困ったものだ……」

砕けた拳の痛みに堪えながら、アイロンアイロンは再び正面からマシンに向かい、そして両拳で連打を放つ。

壁のように押し寄せるその拳に逃げ場はない。

だが、マシンは揺るがない。

「これ以上自分を殴れば、その拳は崩壊して二度と食事もできなくなる。それは忍びない」

マシンは人差し指を伸ばして迫りくる拳につける。すると、マシンに触れられたアイロンアイロンの拳は、軌道を変えてマシンの横の空を切った。

まるで、オーケストラの指揮者のように高速で指を動かすマシン。

その指先で、アイロンアイロンの拳を砕かぬように優しく触れて拳の威力を殺し、いなすように受け流しているのだ。

そして、その光景を目の当たりにし、誰もが理解した。

マシンとアイロンアイロンの間にある圧倒的な差を。

「気は済んだか?」

「あ、え、あ……」

やがて、騒がしかったアイロンアイロンも言葉を失って、拳を繰り出すのもやめて呆然と立ち尽くした。

「な、何者？　バケモノ？　危険確信、即始末！」

すると、誰もが呆然とする中で、別の戦士が動いた。

全身を銅色のローブとフードに身を包んだ、ブロンズブロンズという魔導士風の人物。

両手に魔力を漲らせて、マシンの前に立つ。

「右手に炎……左手に風……合成魔法！」

異なる属性を一つにさせ、強力な魔力の波動を生み出すブロンズブロンズ。

その力を、マシンも興味深そうに眺めた。

「吹き飛ばされ燃え尽きろ！　バイトフレイムウインド！」

風によって渦を巻いた炎が、マシンに向かって放たれる。

だが、その魔法を放たれても慌てる様子のないマシンは、特に何もしようとはしなかった。

すると、その時……。

「『チューニバリヤ』じゃ！」

「ほぎゃあああああああああああ！」

突如、ガイゼンの声と共にチューニが悲鳴を上げて放り投げられる。

放り投げられたチューニが魔法とマシンの間に割って入り、そのまま炎の渦がチューニを飲み込もうとした。

「あっ……」

その予想外のことにマシンも思わず目を丸くする。そして次の瞬間には、魔法を正面から受けたチューニが絶叫する。

しかし……。

「ぎゃあああ、しぬううう、もえるううう、いやだあああああ……って、あれ？」

魔法はチューニに触れた瞬間、粉々に砕け散ったのだった。

「えっ？ あ、あれ？ 燃えてな……あっ、そっか……僕、魔法が効かないから……」

「え？ はっ？ わ、私の魔法が消滅？ なぜ？ はっ？ え？」

自分が魔法無効化能力者であることを思い出したチューニは、半べそをかきながら安堵した表情を浮かべるも、すぐにガイゼンに文句を捲し立てる。

だが、その言葉を無視するように、ガイゼンは満面の笑みを浮かべて立ち上がる。

「安心せよ、マシン。ワシもいい年じゃから、暴れて町を消滅させるような、短気なことはせんぞ？ 興味もないつまらぬ連中相手に、無駄なエネルギーを発散させたりはせぬ」

ニッコリとした微笑み。それは、逆に恐怖を感じさせ、マシンですら後ずさりした。

「とはいえ、何をやっても許してやるということではないぞ？ それに、ワシが気に入った男を殴って踏みつけてくれておるしのう」

そう告げながら、ガイゼンは地に平伏しているホサを見る。

その言葉に、ゴールドゴールドたちだけでなく、ホサも驚いた顔を浮かべた。

いつ、ホサをガイゼンが気に入ったのかと。

「不器用な『半魔族』のために涙を流すような熱い奴じゃ……」

ホサが涙を流しながらゴールドゴールドに食ってかかったこと。

それは、魔族のためではなく、ある1人の半魔族のためであり、それが誰のことなのかをガイゼンは理解したからこそ、ホサを気に入ったのだ。

「ワシもその半魔族を気に入っておるのでな。志向が合う男も、ワシのお気に入りじゃ」

「な、なんだというのだ、貴様らは！　いきなり現れてゴチャゴチャと……邪魔をするな！　我々の道を妨げるなァ！」

ゆっくりとゴールドゴールドに歩み寄るガイゼン。その空気に圧倒され、取り乱したゴールドゴールドが意を決してガイゼンに飛びかかる。

鎧を変化させ、黄金の棘《とげ》を全身に纏って、ガイゼンに体当たりする。

「受けてみよ！　我こそは黄金の戦士——」

「悪い子は……抱きしめて、高い高いをしてやるわい」

ゴールドゴールドがガイゼンにぶつかるも、棘はガイゼンの肉体を貫くことなく皮膚で受け止められ、そのままガイゼンはゴールドゴールドを包み込むように抱きしめた。

するとゴールドゴールドの纏っていた棘も鎧もひび割れて、一瞬で砕け散った。

「が、ごぎゃあああ！　い、ごが、おごあああああああああ！」

「嬉しかろう？　興味もなかった男を抱いてやってるのじゃ。ワシの愛に感謝せよ」

鎧どころか、強く抱きしめられて全身の骨をジワジワと砕かれるゴールドゴールド。

そこには、エリート戦士と呼ばれた威厳も迫力も消え失せ、ただ涙を流しながら情けなく悲鳴を上げる男しかいなかった。

「ほれ、お次は……高い高〜い」

「へっ……ちょおおおおおおおおおおおっ！」

完全にぐったりとして、戦意すらも砕け散ったゴールドゴールド。

だが、ガイゼンはそこでやめず、ゴールドゴールドを両手で抱え上げて、そのまま一気に真上に向かって放り投げた。

それは、ただ投げただけではない。どこまでもグングンと空へと向かって飛んでいくゴールドゴールドは、やがて雲にまで到達してしまったかのように、豆粒ぐらいの大きさに見えるほど天高く投げられたのだ。

そして、最高到達点まで達したゴールドゴールドは、今度は勢いよく加速して落下する。

もし、そのまま地上に落下したらどうなるかなど、誰にでも分かること。

徐々に地上に近づいてくるゴールドゴールドは、絶叫していた。

「ぎゃあああ、たすけ、いやだあああ、しにだくない、かみさま、かみさま、かみさま！」

本来、戦場において命懸けで戦っていたゴールドゴールドにとって、死など今さら恐れるものではないはずだった。

それこそ、敵に命乞いをするぐらいなら、誇り高く死を選んでいたかもしれない。

しかし、今回は例外であった。

圧倒的な力を前に完全に無力化され、誰も経験したことのない上空から、なんの抵抗もできずに落下する。

確実に迫りくる死を、ただ何もできずに待つしかないという状況で、心が完全に折れてしまったのだ。

「ぬわはははは、楽しかったか？」

もう十分スッキリしたのか、ガイゼンは悲鳴を聞きながら、真上からどんどん加速して落下するゴールドゴールドに向かってジャンプし、想像を超える加速度と威力だったであろうゴールドゴールドの体を軽々と受け止めたのだった。

「望み通り助けてやったぞい？　神様ではなく、闘神じゃけどな」

呆然とするゴールドゴールドを地面に放り投げ、ガイゼンは再び盛大に笑った。

「カラフル戦士団を……子ども扱い……な、何者かね？　あの……男たちは……」

目の前で起こった光景を信じられずに、呆然とするホサや海兵たち。それは、ガイゼンたちを初めて見る町の者たちも同じだった。

「のう、金メッキよ」

「ひ、ひいっ！」

「魔族が嫌い、戦争が終わってムカつく、革命したい。それは個人の思想じゃ。否定せんし、勝手にすればよい。しかし……またワシのお気に入りに傷をつけたりしてみい……」

そう言って、ガイゼンはゴールドゴールドの脇を通り抜け、突堤の最先端に立つ。

「その時は……」

ガイゼンが拳を握りしめて力を込め、それを一気に広い海に向かって解き放つ。

「ぬどりゃあああああああああああッ！」

何の小細工もない、ただの力を込めた右パンチ。

しかし、その拳より繰り出された拳圧は、どこまでもまっすぐに突き進み、穏やかだった海を底が見えるほど真っ二つに割った。

そこまで来れば、もう誰も声を発さない。

呆然とした者たちの中には、夢かと頬を抓《つね》る者まで居た。

「こんなもんじゃ済まんぞ？　ワシは、自然よりも人を破壊する方が得意じゃからな」

その言葉を受けて、カラフル戦士団は誰1人として声を上げようとしなかった。

「ねえ、マシン……僕……ガイゼンを怒らせるのだけは絶対にやめようと思うんで」

「それには同感だ、チューニよ」

これから共に旅をする、チューニとマシンも互いにそう誓い合ったのだった。

「……あらためて教えてもらえないかね？　……あなたは……あなたたちは何者かね？」

ゆっくりと体を起こしながら、多くの者が絶句する中でようやく声を発したホサ。

すると、ホサの問いかけに、ガイゼンは笑みを浮かべて振り返る。

「ワシらは今日からこの世界で自由に遊ぶ……ジオパーク冒険団じゃ」

「……えっ？　じ……ジオ？」

予想外の名を聞き、狼狽え出すホサ。それは、他の海兵たちも同じだった。

「ワシらのリーダーは、今頃ウヌらのお姫様と……町の外で話をしている頃じゃろう」

「姫様……ッ、アルマ姫！　そ、それじゃあ、あ、あいつが……あいつが今この地に？　それになんで、あなたたちと？　いや、それよりもあいつが今、姫様と……ッ！」

慌てて立ち上がるホサ。痛む体を引きずりながら、駆け出そうとしている。

しかし、その背を止めてガイゼンは告げる。

「のう。黙って……好きにさせてやればよいのではないか？」

「……え？」

「ウヌらの間で何があったかは聞いておる。しかし、リーダーは揺るがぬ。あれほど別嬪な姫の涙でも止められぬのじゃから……ハゲのおっさんが行ってものう……」

一瞬、ホサは目を丸くするが、すぐに興奮したように声を荒げた。

「バカな！　ジッとなどしていられない。あいつに……一言でも謝らねば……」

「それをリーダーは望んでおらぬようじゃぞ？　ウヌの気持ちは分からんでもないが……」

諭《さと》すようなガイゼンの言葉に、ホサは声を詰まらせて、否定できなかった。悔しそうに唇を噛みしめて、顔を俯かせた。

だが、すぐに顔を上げてガイゼンたちに背を向ける。

「おい、お前たちは何人か残って、カラフル戦士団を捕らえてもらえないかね？　あとの者たちは私と一緒に……姫様のところへ向かってもらえないかね？」

ガイゼンの忠告を受けるも、それでもジッとはしていられない様子のホサ。

部下たちを引き連れ、ガイゼンたちを振り返らぬまま駆け出して、そして最後に言う。

「あなたの言う通り、私たちに何も言えるはずもない……でも、姫様をお1人にするわけにはいかないので……」

そう告げて、町の外へと向かうホサたち。

その背を眺めながら、ガイゼンはチューニとマシンの肩を組んで自分に寄せる。

「湿っぽい空気は嫌いじゃ。リーダーが帰ってきたら何も聞かず、盛大に楽しむぞ」

その言葉に、チューニもマシンも黙って頷いた。

「……で……船をどうする？　このままじゃ、リーダーに怒られるぞい」

そう言って、ガイゼンはまた笑った。

そんなガイゼンたちを眺めながら、ようやく言葉を発せるようになったゴールドゴールドが呟いた。

「本当に、何者なんだ？　あいつらは……ジオパーク冒険団？」

すると、腰を抜かしているゴールドゴールドの肩に、シルバーシルバーが苦笑しながら手を置いた。

「私にも分からん。だが……分かっているのは……我々の小ささを思い知らせる、途方もつかないスケールの持ち主たちのようだ」

「……小ささ……を……」

「終戦後……お前の考えについていけなくて、私は離脱してしまったが……そんな私も小さかった」

「シルバーシルバー……」

「もう少し、大きくなってみよう。私もお前たちも……もう一度やり直して……」

そんな2人のやり取りや誓いがあったのだが、既にガイゼンたちはもうそんなことを気にせず、ただ前だけを向いていたのだった。

エピローグ　旅立ち

ジオは戦闘において、状況によっては魔法を遠距離から放つこともあるが、主体となる戦闘のほとんどは魔力を身に纏って殴り合うものだった。

そんなジオの戦い方を、貴族や王族たちは「野蛮だ」と罵ることはあったものの、いざその力と戦うことになれば、貴族たちもいつしかそのペースに巻き込まれ、品のない殴り合いから互いの本心をぶつけ合うような立ち合いへと発展していた。

そうやって、「気づけば紡がれている絆」というのも確かにあった。

そんなジオの戦い方やコミュニケーションは、アルマにもよく分かっていた。

だからこそ、ジオが「自分に触れもせず吹き飛ばした」ということにショックが大きかったのだろう。

アルマは空を見上げたまま、立ち上がることができなかった。

「……気持ちをぶつけ合うことも……許されないのか……本当に……心底嫌われてしまったようだな……ジオ」

立ち上がれない代わりに呟いたその言葉が耳に届くも、ジオは反応しない。

ただ、打ちのめされて倒れるアルマの姿を少し切なく見ながら、それを振り払うかのように背を向ける。

「……」

別れの言葉すらも飲み込んで、これでもう最後なのだと自分に言い聞かせて、ジオはその場から立ち去ろうとする。

「やっぱりもう……どうしようもないことなんでしょうか？」

その時、叫ぶように言葉を発したのは、ジオでもアルマでもなかった。

「あ？」

「……え？」

切ない表情を浮かべながら、ジオに問いかける1人の少女が居た。

「私には、お2人の間に何があったのか……全然分からないですし、何言っててんだと思うでしょうけど……それでも、アルマ姫があなたのことを本当に好きだというのは、私にだって分かります！　そ、それでも……」

「お前は……」

ジオもアルマも、そしてその場に居た生徒たちも、まさかその生徒が叫ぶとは思ってもいなかったので、少し驚いてしまった。

そう、その生徒こそ、先ほどまで騒動の渦中にあった生徒たちの中で、唯一、チューニを気遣っていた少女。

「お前は確か、チューニのクラスの……アバズレーだったか？」

「アザトーです」

アザトーが瞳に涙を浮かべながら、アルマに何かを感じ取ってしまったのか、感情を抑えきれずジオに問いかけていた。

「っ……て、私の名前はどうでもよくて……ですから……やっぱり……好きな人を……裏切ったり、傷つけたりしたような罪は……もう一生償う機会すらも与えられないぐらいの大罪なんでしょうか？」

その問いに、アルマも顔を上げる。なぜなら、それこそが、アザトーにとってもアルマにとっても最も知りたいことだったからだ。

すると、ジオはその問いに……。

「まぁ、そんなもん、人それぞれだろうし……俺がどうだから世の中の男全員がどうだって一《ひと》括《くく》りにできねぇもんだが……一つ言えるのは……」

めんどくさそうに頭を掻きながら……。

「お前ら、男に構いすぎなんだよ」

「……えっ？」

「さっきも言っただろ？　色々と心機一転して新しい人生を歩もうとしている男からすれば、言い方は悪いが、そういうのは煩《わずら》わしいとも思っちまう」

煩わしい。その言葉に深く抉られてしまったのか、アザトーは口を開けたまま絶句してしまった。

「そして、お前らは一つ勘違いしている。確かに、俺もチューニも傷つき、絶望に落ち、何もかもが嫌になって逃げ出してここまで来た。だが、今から俺たちがしようとしているのは、逃げるんじゃねえ。旅立つんだ。人生が嫌になって逃げ出すんじゃなくて、人生を取り戻すために旅立つんだ。俺たちはもう、気持ちだけは立ち直ろうとして、前を向いてんだよ」

「もう……立ち直って……」

「世の中に、女の愛情や存在を力に変えたり、生きがいにする奴は居る。俺もかつてはそうだったかもしれねえ。でも、ある日を境にそうでなくなる奴だって居る。少なくとも、今の俺もチューニもソレを求めてない以上、謝罪や愛情を押し売りされても逆に困るんだよ」

償う機会が与えられないというよりは、自分たちがソレを求めていない。だからこそ、どうしようもないことなのだと、ジオはアザトーに告げる。

そうまで言われると、アザトーはもう何も言い返すことができず、ただ唇を噛みしめながら俯いた。

「ジオ……それで、お前は幸せになれるのか？」

すると、立ち去ろうとするジオに向かって、アルマがもう一度問いかけた。

その表情は、先ほどまでの取り乱していたものとは違い、少し落ち着いているようだ。

そんなアルマのあらためて問うたことに対して、ジオは背中を向けながら答える。

「その答えはまだ何も出ていないだろうが。だって、これから行くんだからよ。そして、それをどう判断するかも、俺自身だ。あんたたちじゃねえ」

「そうか……」

そう告げたジオの言葉に、ついに観念してしまったのか、アルマは力なく呟いた。

「将軍の地位も英雄の名誉もいらず……償いも……女たちの愛情もいらない……か……そんな考えは間違っていると……言って聞かせられるほどの……力が欲しかったものだな……」

アルマはその時、弱々しく呟きながらも、何かを決意したかのように体をゆっくりと起こし、ジオの背中に向かって告げる。

「ジオ……お前を……私の権限で……ニアロード帝国の将軍としての地位を……剥奪する」

「ッ？」

「そして……っ……お、お前をぉ……お前をぉ、帝国から追放する！　これでお前はもう……

自らの意志でこの国に帰ってくることもできない！」

それは、これまではジオの一方的な言葉だけだった決別を、アルマの方からも示すものであった。

一瞬、呆けて驚いてしまったジオの頭の中を、不意にこれまで帝国で過ごした日々、帝国のために戦った日々、将軍になった日、仲間に囲まれた日々、女たちとの日々、全てが一瞬のうちに駆け巡り、その思い出が完全に、粉々に砕かれたかのような心境になった。

そして、全ての未練が消え去ったような気分になった。

「そうかい……おかげでスッキリした。何もかも、余計な過去の荷物も全部捨てられて、これで俺は本当に身ぎれいになって、新しい人生をゼロからやり直せる」

これで、本当に自分には何もなくなってしまったのだと、ジオは実感したのだった。

すると、アルマは首を横に振った。

「かん、勘違いするな、ジオッ！」

「ん？」

「地位も名誉も全てを剥奪され……帝国にも入ることすらできない……今のお前は、ただの流浪の半魔族だ！」

「……？」

「だから……地位も名誉も何もない、ただの半魔族を、それでも愛して追いかけるということは……つまり、本物ということにならないか？」

「……」

「お前は帝国に帰りたくないから帰らないんじゃない！　帰れないから仕方なく帰らないわけで……だから、私がお前を帰れるようにしてみせる！」

「……はっ？」

アルマの捲し立てる言葉は、正直ジオには支離滅裂であった。

だが、唯一理解できたのは、アルマはまだ……。

「将軍も英雄も種族も関係ない。ジオという男を私たちがどれだけ愛しているのか……必ずや分からせて……幸せにしてみせる！」

めげていない。

「償いと愛の押し売りで構わない。何度でも私たちは追いかける。お前はそれまで……お前がもういらないと言っていた……地位や名誉や……帝国という帰る場所が……どれだけお前に必要なものだったのかを噛みしめていろ……私たちがお前を連れて帰る、その日まで」

むしろ、執念のようなものが滲み出ている気がした。

「その時になればお前は……私たちの愛と償いを受け入れてくれるだろう……」

そんなアルマに、ジオは少し寒気を感じながらも、そんなところは3年前から知っているアルマらしくも思えて、少しだけ懐かしい気がした。

「けっ、……今も昔も、勝手な人だぜ……」

すると、その時だった。

「提督ぅぅぅぅぅう！」

「姫様あぁぁぁぁあ！」

突如、声が響いた。

ジオが視線を向けると、そこには武装した数十名の帝国海兵たちが、こちらへ向かって走ってきている。

「おっと、騒がしくなる前にさっさと消えるとするか……永久にな」

これ以上、ここでモタモタしていられないと、ジオは海兵たちが着く前に、闇を纏って、次の瞬間には完全に姿を消したのだった。

「永久に……逃がすものか」

誰も居なくなった空間に向かって、アルマは決意を込めてそう呟いたのだった。

◆◇◆◇◆

そして……。


「……なんだこりゃ？」

海兵たちとすれ違わないように、町の港へと辿り着いたジオ。

そこには、紐で繋がった巨大な丸太がプカプカと海に浮かんでいた。

「おお、終わったか？　リーダーよ」

「こちらも準備は整った」

そこには、手作りの巨大なオールを担いでニヤけているガイゼンと、袖をまくって鉋《かんな》やノコギリを持っているマシンが居た。

「……イカダ？」

「おお。マシンの手作りじゃ」

「自分はポンコツではあるが……こういった工作くらいはできなくはない」

「マ……マジかよ…」

「まぁ、金がなくてのう」

「今、チューニが最低限必要な日用品を買いにいってるが、恐らくそれで全てだろう」

船を用意しろと伝えていたジオだったが、なんとガイゼンたちが用意したのはイカダだった。大きな波が来れば、一瞬で飲み込まれて大破しそうなイカダを前に、ジオは開いた口が塞がらなかった。

「ま〜、心配するでない。ギルドの話によると、ここからしばらく北へ向かった海域で、最近海賊が多発しているという噂での〜。そやつらの船を奪えばよかろう。海賊からの略奪なら罪に問われんしのう」

「賞金首リストは全てインプットした。旅の資金を得るにも一石二鳥と判断する」

「なるほどね。まぁ、それもアリか……チューニの畑は少しお預けになるわけだがな。まっ、いいか。俺も軍艦以外に乗るのは初めてだし、最初はこれでもな」

旅立ちを前に少し頭が痛くなったジオだったが、これはこれで悪くはないかもしれないと思い、観念した。

「あっ、リーダー……」

「よぉ、チューニ」

そこに、日用品の買い出しをしていたチューニが帰ってきた。

パンパンに膨れ上がった荷袋を引きずりながら、肩で息をしていた。

「おお、すげーな。なんでこんなに？」

「うん。なんか、ギルドの奴らが餞別にって……代わりに今度は仕事を一緒にしようとか言われたけど……」

「ああ、そういうこと。謝罪や愛情の押し売りもあれば、こっちには貸し借りの押し売りがあったわけか……」

「ん？」

「いや、なんでもねーよ」

いずれにせよ、これで全ての準備が整った。

ジオ、マシン、ガイゼン、チューニは互いを見合い、そして頷く。

「よし、テメエら、それじゃあ――」

「あっ、リーダー」

「……ん？」

リーダーであるジオが、出発に向けて言葉を発しようとしたその時、チューニが口を挟んだ。

何ごとかとジオが首を傾げると、チューニは少し言いづらそうに、そして照れながら何かを言おうとしている。

後ろのガイゼンから肘で小突かれて、ようやくチューニがジオに告げる。

「……ようこそ、ジオパーク冒険団に」

それは、過去と決別したチューニにジオが贈った言葉だった。

今度は、チューニの方からジオへと贈った。

「くはっ、ったく、ガキのくせによぉ！」

「痛っ？　いや、イジメるのはやめてほしいという約束なんで！」

「うるせえ、荷物見せろ！　おっ、ちょうど酒があるじゃねえか、よし、進水式といくか！」

なんだかおかしくなって、チューニの頭を軽く叩いて、ジオは荷袋を漁《あさ》って数本の酒瓶を取り出した。

「おお、そこそこあるではないか。軽く1杯飲むかのう」

「自分は酒は嗜まないが……」

「いや、僕も飲めないんで……」

ガイゼンが笑いながら1杯飲もうと勧めるも、マシンとチューニは遠慮して後ずさる。

しかし、ジオだけは1本の酒の栓を開け、それを豪快に飲み始めた。

「ふん。おらっ、んごくごきゅごきゅごきゅ！」

「おおっ！　やるでは……な……」

「げほっ！　ぶへっ、……うお、お……3年ぶりの酒は……きっつい……」

「……なくないか。情けないの～」

まだ喫煙や食事も完全にはできない胃の調子だったので、いきなり酒を一気飲みするのは無理だったジオ。

しかし、噴き出して少し涙目になりながらもジオは笑った。

「へっ……だが……3年ぶりのタバコも……メシも……吐き出すぐらいまずかったが……この酒だけは……悪くはねぇ」

何もかもに絶望していた時よりも、今はずっと気持ちが晴れている。

そんな風に感じながら、ジオは開けていない酒瓶をイカダに向けて投げつけて割った。

その瞬間、4人の男たちはイカダに一斉に飛び乗る。

「さて……とりあえず、遊びに行こうぜ！」

「了解した」

「おう！」

「うん」

4人の男たちは、海を……そして世界を目指して旅立った。

あとがき

実は私、現実の世界では弟なんです。

ですので、「アニッキーブラッザー」というペンネームの由来を聞かれても困ってしまう代物。しかしそのペンネームで、結局、本作を含めて3シリーズの書籍を世に出すことができました。本作を手に取ってくださった皆様、WEBの頃からお世話になっている皆様、そして今回お声がけくださったツギクル株式会社関係者の皆様、本当にありがとうございました。

さて、本作は表紙を見て分かる通り、男4人が中心となって進む物語です。

本来ライトノベルといえば、とにかくヒロインなどの可愛い女の子が主人公の側に居るものが定番だと思いますが、その定番をあえて外しました。

しかし、男4人組、男たちの冒険、性格もバラバラな男たちの友情など、古くから映画やドラマなどではよくあるものではないかと思います。そのよくあるものをラノベのファンタジーにしたらどうなる？　「楽しい」、「燃える」と感じ取っていただければ幸いです。

２０１８年12月　アニッキーブラッザー

SPECIAL THANKS

「被追放者たちだけの新興勢力ハンパねぇ ～手のひら返しは許さねぇ、ゴメンで済んだら俺たちはいねぇんだよ！～」は、コンテンツポータルサイト「ツギクル」などで多くの方に応援いただいております。感謝の意を込めて、一部の方のユーザー名をご紹介いたします。

浦 おりと　　遊紀祐一　　黄パプリカ

ラノベの王女様　　ちかえ

雲のごとく　　朔原 海里　　電柱

ツギクルAI分析結果

「被追放者たちだけの新興勢力ハンパねぇ ～手のひら返しは許さねぇ、ゴメンで済んだら俺たちはいねぇんだよ！～」のジャンル構成は、ファンタジーに続いて、SF、恋愛、歴史・時代、ミステリー、ホラー、青春、現代文学の順番に要素が多い結果となりました。

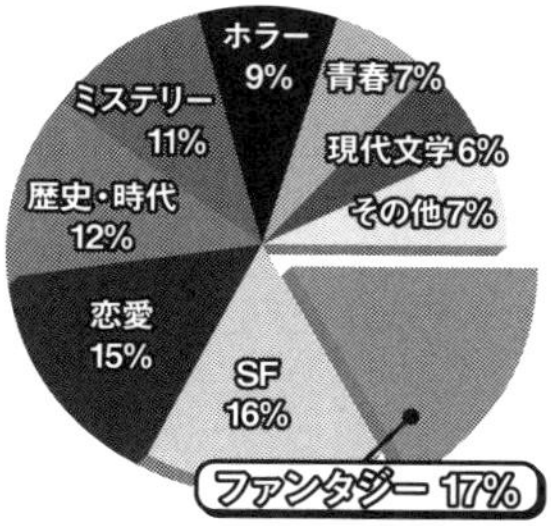

本書に関するご意見・ご感想、アニッキーブラッザー先生、市丸きすけ先生へのファンレターは、下記のURLまたはQRコードよりツギクルブックスにアクセスし、お問い合わせフォームからお送りください。
https://books.tugikuru.jp/

本書は、「小説家になろう」（https://syosetu.com/）に掲載された作品を加筆・改稿のうえ書籍化したものです。

被追放者《ひついほうしゃ》たちだけの新興勢力《しんこうせいりょく》ハンパねぇ
～手《て》のひら返《がえ》しは許《ゆる》さねぇ、
ゴメンで済《す》んだら俺《おれ》たちはいねぇんだよ！～

2019年1月25日　初版第1刷発行

著者　アニッキーブラッザー

発行人　宇草 亮
発行所　ツギクル株式会社
〒106-0032　東京都港区六本木2-4-5
TEL 03-5549-1184
発売元　SBクリエイティブ株式会社
〒106-0032　東京都港区六本木2-4-5
TEL 03-5549-1201

イラスト　市丸きすけ
装丁　株式会社エストール

印刷・製本　中央精版印刷株式会社

ISBN978-4-8156-0042-6
Printed in Japan